QUANDO O *Amor* É O *Remédio*

Solicite nosso catálogo completo, com mais de 300 títulos, onde você encontra as melhores opções do bom livro espírita: literatura infantojuvenil, contos, obras biográficas e de autoajuda, mensagens espirituais, romances palpitantes, estudos doutrinários, obras básicas de Allan Kardec, e mais os esclarecedores cursos e estudos para aplicação no centro espírita - iniciação, mediunidade, reuniões mediúnicas, oratória, desobsessão, fluidos e passes.

E caso não encontre os nossos livros na livraria de sua preferência, solicite o endereço de nosso distribuidor mais próximo de você.

Edição e distribuição

EDITORA EME

Caixa Postal 1820 - CEP 13360-000 - Capivari - SP
Telefones: (19) 3491-7000/3491-5449
vendas@editoraeme.com.br - www.editoraeme.com.br

Pedro Santiago
ditado pelo espírito Dizzi Akibah

QUANDO O Amor É O Remédio

Capivari-SP
— 2012 —

A Editora EME mantém o Centro Espírita "Mensagem de Esperança", colabora na manutenção da Comunidade Psicossomática Nova Consciência (clínica masculina para tratamento da dependência química), e patrocina, junto com outras empresas, a Central de Educação e Atendimento da Criança (Casa da Criança), em Capivari-SP.

3ª reimpressão – março/2012 – Do 7.001 ao 8.000 exemplares

CAPA | André Stenico
DIAGRAMAÇÃO | Abner Almeida
REVISÃO | Editora EME

Ficha catalográfica elaborada na editora

Akibah, Dizzi, (Espírito)
Quando o amor é o remédio / pelo espírito Dizzi Akibah; [psicografado por] Pedro Santiago. - 3ª reimpressão : mar. 2012 - Capivari, SP : Editora EME.
232 p.

1ª edição : abr. 2011
ISBN 978-85-7353-459-7

1. Literatura Espírita. Romance Mediúnico
2. Lei de causa e efeito. Amor ao próximo. Amor a Deus.

CDD 133.9

Sumário

Palavras do autor espiritual

A liberdade é um dos maiores patrimônios do ser espiritual. Contudo, o seu bom uso requer observações minuciosas, relativas à vontade, quando esta, por sua vez, já tenha passado por um exame acurado do raciocínio, para não cair nos precipícios da marginalidade das leis morais, quando são acionados os mecanismos da dor, que nada mais são do que respostas de ações praticadas.

É verdade a afirmação de que o pensamento é o fio que liga o ser pensante à situação desejada. Que é de grande importância educá-lo e principalmente vigiá-lo, conforme indicação de Jesus, o Divino Mestre. No entanto, tudo isso perde a sua importância se esquecermos de observar a vontade, porque é nela que se origina o pensamento.

É de conhecimento popular que "querer é poder". Quando

realmente queremos, movimentamos a vontade, esta gera o pensamento, condutor do sentimento, atraindo para nós, como a limalha ao ímã, o objeto desejado, ou nos conduzindo até ele, conforme afirmação do Divino Mestre: "Onde coloca o seu sentimento, aí você está."

Entretanto, todas estas possibilidades se tornariam inócuas, não fosse a lei do livre-arbítrio, que nos faculta, dentre outras, a oportunidade de optar... discernir... Ainda assim, com toda amplitude que ela nos sugere na prática das ações, este valoroso patrimônio do ser espiritual só consegue resultados positivos quando caminha paralelo à responsabilidade. E sendo esta ligada intimamente às leis morais, concluímos que liberdade, vontade, pensamento e sentimento, que contribuem para a formação do caráter, devem ser qualificados segundo os ditames das leis morais, que são, ao mesmo tempo, divinas e imutáveis.

Por falta de simples observações, tantas vezes desprezamos os ensinamentos de Jesus e nos apressamos em conceituar o que ainda não nos demos ao trabalho de conhecer; julgamos sem as devidas possibilidades; e negamos o perdão, como um ato de amor, desprezando a oportunidade de querer para os outros aquilo que desejamos para nós mesmos, como disse um dia o doce Rabi da Galileia.

O propósito deste simples comentário diz respeito ao conteúdo do presente romance, cujo personagem principal sofreu, durante um grande período da sua reencarnação, um dos piores preconceitos, que vem sendo há muito alimentado pelas mentes que ainda não têm a devida compreensão de que todos nós, como aprendizes da vida, erramos, cometemos sérios enganos e que, na hora do retorno, necessitamos de um ombro amigo para o necessário apoio e da paciência de alguém para ouvir as queixas, ao abrirmos as comportas da alma, fazendo jorrar o desabafo das profundas dores morais.

Que a leitura desse novo trabalho, caros irmãos, lhes proporcione a desejável compreensão do funcionamento das leis de causa e efeito, da reencarnação, do amor ao próximo como a si mesmo e a Deus sobre todas as coisas.

Dizzi Akibah
Salvador, 28 de março de 2010.

1

Degustando a desventura

A dor é a colheita dos que semeiam espinheiros.

Dizzi Akibah

– O sofrimento, meu jovem, não o tornará para sempre um infeliz, porque tudo caminha, mesmo sem percebermos, para a paz e a felicidade plena. Aja com paciência e não perca a fé e a confiança em Deus!

Mariângela parou para ouvir as palavras de Salusiano, um deficiente físico. Sentado na calçada, ele não estendia as mãos, como fazem muitos que se deixam conduzir pelo desespero, procedente das necessidades insatisfeitas. Salusiano colocava um chapéu de palha com a cava voltada para cima, onde eram depositadas por transeuntes, dentre os mais sensíveis, as moedas. Para não ter a sensação de estar vivendo à custa alheia sem nada fazer, falava. E as suas palavras, oriundas do sentimento de gratidão, soavam suavemente, suprindo de bom ânimo e esperança os que o procuravam em desespero.

Mariângela, que mantinha o íntimo em desespero, se posicionou bem na frente dele, para ouvi-lo. Logo o rapaz apertou a mão do ancião e saiu aparentemente satisfeito.

Ao perceber a mulher parada em sua frente, Salusiano observou-a por alguns instantes e, em seguida, disse-lhe:

— Ao perdermos a confiança em Deus e em nós mesmos, aumentamos ainda mais o sofrimento. E quando culpamos os outros pelas nossas desventuras, alongamos o tempo de convivência com a dor.

Silenciou por instantes e em seguida concluiu:

— As causas estão sempre em nós mesmos.

Mariângela, que atribuía a outrem a mágoa e a tristeza que enchiam o seu coração de desespero, impressionou-se, por entender que era aquilo mesmo que lhe ocorria naquele momento.

— Oh, Deus! Eu, antes, nunca havia pensado nisso - falou para si mesma. - Esse homem, aparentemente inútil... Quem teria lhe dado tanta sabedoria? Acho que merece uma boa recompensa.

Abriu a bolsa e colocou, em seguida, algumas cédulas no velho chapéu. Quando ia se retirando, sem nenhuma palavra, ouviu a voz do ancião:

— Senhora, por favor, leve de volta o seu dinheiro.

— Mas, senhor - respondeu surpreendida -, ao ouvi-lo... Bem... Suas palavras foram oportunas para o momento difícil em que me encontro. Por isso, peço que use o dinheiro para alguma necessidade, porque...

— Porque - tomou a palavra -, quando percebo nas pessoas a necessidade de ouvir e falo o que sinto, faço-o por sentir grande satisfação. Nunca como mercadoria que se vende. Leve seu dinheiro que, certamente, será bem mais útil em outras mãos, e procure confiar mais em si mesma, para aprender a não vacilar na fé em Deus. Ah! Não se esqueça disso: as pessoas que apresentam sentimentos que não condizem com a sua aparência... com seu porte, não deixam, por isso, de ser filhas de Deus. São dificuldades bem mais profundas do que muitos imaginam. Em vez de menosprezo, elas são carentes de compreensão e necessitadas de apoio amoroso.

Ele sabia o que dizia. Não apenas a conhecia, mas, sem que ela imaginasse, ele mantinha pelo seu filho uma grande afeição, cultivada não apenas nas diversas vezes que o jovem procurava-o para ouvir os seus conselhos, mas também numa existência anterior.

Mariângela saiu dali impressionada com Salusiano. Há muito tempo, passava sempre por aquele local, via-o, mas por falta de interesse, não prestava atenção no deficiente, da mesma forma que muitos passam pela vida, vendo atentamente apenas o que lhes diz respeito, perdendo com essa atitude preciosas oportunidades de experimentar a amizade, desenvolver a fraternidade e a salutar permuta do conhecimento... Experiência que a vida nos pede.

Já havia horas que Mariângela perambulava pelas ruas de Bragança, uma pacata cidade no estado do Pará. Sem saber aonde ir, o que ela buscava não conseguia encontrar da forma como queria. Relutando em voltar à casa, por imaginar que era lá onde se encontravam os motivos da sua dor moral, se dirigiu a uma praça, sentou-se num banco e, ali prostrada, não se dava conta de que os seus deveres no lar precisavam ser cumpridos. Abriu as comportas do coração e logo as lágrimas afloraram em abundância. Os poucos momentos de exteriorização foram suficientes para melhorar o seu estado íntimo. Mais calma, passou a analisar as palavras do deficiente e, como alguém que acaba de despertar de um pesadelo, levantou-se rapidamente e seguiu em direção à casa. Ao se aproximar, percebeu que havia muita gente e um movimento incomum.

— Oh, Deus! O que aconteceu?

Entregue totalmente ao desgosto, ao sair pela manhã, para deixar a filha na escola, ela esqueceu uma panela no fogo, o que provocou um incêndio que acabou destruindo parte da moradia.

Notando que ela estava pálida e com as mãos transpirando suor, Gisela, vizinha e amiga, apoiou-a pelo braço. Levou-a para o interior da sua casa e, administrando-lhe algumas gotas de um calmante, perguntou assustada:

— Que tem você Mariângela, que acabou se esquecendo de pegar Cíntia na escola?

— Onde está a minha filha?

— Calma - respondeu a prestativa vizinha. - Vinha ela da escola e, ao atravessar a rua, foi atropelada por uma bicicleta. Não houve nada sério. Foi levada ao posto médico para fazer curativo em alguns ferimentos.

— Vou buscá-la - falou, já de pé. Mas quando ia saindo, entrou porta adentro um adolescente de boa estatura, pele amorenada, cabelos pretos e lisos descendo pela testa e cobrindo os lóbulos das orelhas. O seu rosto demonstrava traços fisionômicos quase perfeitos, o que ostentava uma rara beleza.

— Mãe, a senhora está bem?

Ela, em vez de responder, passou a fitá-lo, e logo lágrimas começaram a rolar rosto abaixo. Ele se aproximou e, abraçando-a carinhosamente, perguntou:

— Mãe, eu posso saber o que se passa?

Gisela saiu, compreendendo que era melhor deixá-los a sós.

— Mãe - insistiu ele -, o que está atormentando a senhora?

Encorajada com a insistência, Mariângela respondeu-lhe:

— Eu é que gostaria de saber...

— Sobre mim? - interrompeu.

— Sim, Márcio.

— O que disseram à senhora?

— Não tenho coragem de repetir!

— É tão feio assim?

— Você me diz a verdade?

— Sim, mãe!

— Então diga!

— Eu já disse que sim.

Entre a decepção e o amor na manifestação maternal, este falou mais alto. Ela levantou-se falando:

— Eu sei que vai ser muito difícil, mas vou continuar amando você, assim mesmo, do jeito que eu não queria, mas... Além de tudo, sou a sua mãe.

Ainda assim, Márcio pôde perceber a decepção estampada na fisionomia da mãe e, por isso, sentiu que encerrava ali um período da sua vida e que começava outro, cujo futuro era incerto. Com a voz quase sussurrante, perguntou:

— E o meu pai?

— Não pode saber nunca dessa verdade!

— Mãe, como posso esconder a minha personalidade? Os meus sentimentos? Terei que fingir? Não saberia negar a verdade, principalmente ao meu pai. Apesar do forte temperamento, além de respeitá-lo, admiro-o muito!

— Você não deve sequer tentar. Ele é muito preconceituoso em relação a isso! No mínimo, pô-lo-ia fora de casa, o que não ficaria bem. Sabe como são os vizinhos! Na pior das hipóteses, logo ficariam sabendo e imediatamente os comentários... E eu, filho, como ficaria? Morreria de vergonha!

— Sente vergonha de mim, mãe?

— De você não, porque além de ser meu filho, eu o amo. Mas, dessa situação delicada...

Márcio era um adolescente de dezoito anos, dedicado ao estudo, e planejava mudar de cidade para continuar estudando, pois sonhava em ser médico. Mas, naquele momento, percebeu que tudo ruía em sua vida. Com a fisionomia entristecida, calou-se e ficou a pensar.

— Nunca imaginei que ser um pouco diferente seria tão sério assim. Antes de saberem, tudo corria normalmente. O que mudou em mim, se antes eu já me sentia assim?

O seu pensamento foi interrompido pela vizinha que, cuidadosa, retornou à sala, para avisar a Mariângela que o marido dela estava chegando.

— O que aconteceu aqui, que acabou com a casa? Tudo destruído pelo fogo! Mariângela, você não tem nada a me dizer? - perguntou Anselmo, visivelmente contrariado.

— Eu esqueci a panela no fogo antes de sair...

Ele interrompeu-a, esbravejando:

— Isso só se dá com quem não tem responsabilidade! Que você tem nessa cabeça, mulher?

— Eu sou o culpado de tudo isso, meu pai!

— O que você fez, filho?

— Não fiz... Bem, é que... Eu sou diferente...

— Não, Márcio! Você não é diferente - gritou a mãe, tentando evitar a verdade.

— Sim, eu sou diferente dos outros rapazes que gostam de namorar as moças e...

— O que você me diz?!

— Isso mesmo. Eu penso que não tenho culpa de ter nascido assim.

— Aqui só há lugar para quem não é diferente! - falou Anselmo, com toda a potência da voz. E completou revoltado: - Isso é uma desonra! Que dirão os meus amigos, os colegas de trabalho e os nossos vizinhos?

— Pare, Anselmo! Chega de tortura! Ele é nosso filho - exclamou Mariângela, com os olhos cheios de lágrimas.

— Era meu filho! Agora, porém... - falou e saiu revoltado.

— Mãe - disse Márcio entristecido -, não desejo ser a vergonha da família. Por isso, eu vou embora. Faltam apenas quatro meses para completar dezenove anos. Procuro uma atividade para sobreviver longe daqui. Peço apenas que não sinta arrependimento pelo meu nascimento. Sou também filho de Deus e, certamente, Ele que é o Pai sábio e bondoso me guiará.

— Não, Márcio! Você não deve fazer isso, porque tenho certeza de que vai ser muito difícil para você e também para mim.

— Creio que esta é a melhor solução. Vou sentir muita saudade de todos, e principalmente da Cíntia! Por falar nisso, onde ela está?

— Ainda no posto médico. Acabei esquecendo de novo da minha filha! - exclamou nervosa.

— Eu vou buscá-la. Quero ficar um pouco com ela, pois a adoro!

Horas depois, parecia que os ânimos já haviam se acalmado. À noite, Mariângela deitou, mas não conseguiu dormir. Anselmo chegou quase de madrugada e ela, ao abrir a porta, percebeu que ele estava alcoolizado. Sem nenhuma palavra, ele dirigiu-se ao quarto que não fora atingido pelo fogo e, instantes depois, já dormia sob o efeito do álcool.

Mariângela levantou bastante cedo, para ter uma conversa com o filho, com a intenção de convencê-lo a mudar de ideia sobre sair da cidade, para um futuro talvez obscuro, longe da família. Mas, ao chegar à sala, onde Márcio havia dormido, encontrou sobre o travesseiro o bilhete:

"Às vezes, para que haja paz, compreensão e alegria num lar, alguém tem que se sacrificar. Não sei se a minha decisão significa isso. Mas, já que ser diferente dos outros é motivo de vergonha, tristeza e decepção... a minha ausência será, certamente, um alívio! Mãe, eu estarei bem. Dê um beijo em Cíntia. Não esqueça que eu a amo."

Anselmo acordou com os soluços de Mariângela. Levantou rápido, falando impaciente:

— De novo não! O que houve agora?!

— Márcio foi embora!

Ele gargalhou nervosamente, falando em seguida:

– Não haveria melhor solução para esse momento de vergonha e decepção.

Mariângela silenciou por alguns instantes e depois respondeu:

– Compreendo sim, que não deixa de ser vergonhoso perante as pessoas, algo desse gênero. No entanto, Anselmo, o que será dele? Como viverá longe de nós, do nosso apoio? Se nós, que somos seus pais, agimos incompreensivamente, imagine os outros! - falou, com lágrimas nos olhos e a voz embargada pela emoção.

– Ora, Mariângela! Pare com essa choradeira! Você também deve ter gostado da decisão dele. Eu, a partir de agora, vou procurar esquecê-lo, para não ter que me embriagar todos os dias, entregue ao desgosto.

A alteração do estado emocional para o negativo pode conduzir as pessoas a reações exageradas. Márcio apenas registrara, nele mesmo, a tendência íntima. Mas não havia praticado nenhum ato considerado vergonhoso, que contribuísse para a perda da dignidade. Ao contrário, mantinha pureza de sentimentos e sonhava com uma vida disciplinada, conforme a compreensão que reteve sobre as lições do Evangelho, nas diversas vezes que acompanhava a mãe quando esta ia ao templo da religião adotada pela família.

Naquele momento, Márcio já se distanciava da cidade. Olhando pela janela do trem, que deslizava pela via férrea que ligava Bragança a Belém do Pará, pesaroso, deixava para trás as admiráveis belezas naturais, a linda praia de Ajuruteua, os rios, principalmente o Caeté, onde gostava de permanecer horas sentado numa pedra, observando as águas rolarem, a fartura de peixes que nadavam contrários à correnteza, ou aproveitavam-na, indo junto com ela; a sua cidade, o lugar onde nasceu e que tanto amava e, por fim, refletindo nas palavras que ouvira do pai e a decepção que lera facilmente na fisionomia da mãe, perguntou:

– Será, meu Deus, que teria de ser assim mesmo?

Sentindo profunda angústia, percebeu que lágrimas quentes molhavam o seu rosto. Para ele, a dor era muito grande, ao ser forçado pelas circunstâncias a deixar tudo para trás, sem condição de compreender a razão de se sentir diferente dos outros, como era a sua impressão. Pegou o lenço e enxugou as lágrimas. Não desejava que as pessoas percebessem, muito mais a passageira que ocupava a cadeira do seu lado.

Cecília, uma jovem de olhar vivo e fisionomia bastante agradável, o observava desde que ocupara o seu lugar.

— Sente-se mal? - perguntou, prestativa.

Ensaiando um sorriso, pura tristeza, ele respondeu ainda voltado para a janela do trem:

— Eu estou bem. Acho que foi a poeira que irritou os meus olhos e provocou muito ardor - falou, tentando ocultar a realidade.

Desde o momento em que Cecília ocupara a cadeira ao seu lado, Márcio já percebia que ela o observava, todavia fingia que não, por achar inconveniente se relacionar com alguém do sexo oposto, com receio de que as intenções se convergissem para algo mais do que uma amizade, e acabasse em decepção.

Ele era de estatura mediana, pele amorenada, olhos num tom esverdeado, traços fisionômicos quase perfeitos, levando em conta o conceito de beleza adotado pela maioria na época. Contudo, o que mais chamava atenção era o seu sorriso, gerador de uma grande simpatia.

O diálogo prosseguiu:

— Melhor agora?

— Sim, já está passando.

Fixando o olhar nele, como se estivesse lendo o seu íntimo, ela falou com firmeza:

— Talvez demore algum tempo para a melhoria satisfatória... O suficiente para a autoaceitação.

— A que se refere? - perguntou ele, voltando-se repentinamente para ela.

— Desculpe, foi apenas um pensamento. Acho que, às vezes, captamos, sem querer, pensamentos de outras pessoas. Li em um livro que o pensamento se desloca através de uma energia que se encontra em toda parte. Chamam-na de cósmica ou fluida universal. Acho que foi apenas isso. Você acredita?

— Isso é algo desconhecido para mim, mas não deixa de ser interessante. Você lê os pensamentos das pessoas? - perguntou, preocupado consigo mesmo.

— Não! Ler pensamentos, com boas intenções, é atributo de espíritos evoluídos... Iluminados. Acho que estou falando de coisas que talvez não lhe interessem. Vamos mudar de assunto?

— Oh, não! Fale-me mais sobre isso! Nesse caso, tudo que pensamos pode estar sendo percebido por estes...

— Espíritos? Sim - respondeu. E prosseguiu falando: - Não só os mais evoluídos, como eu disse há pouco, mas muitos outros, quando conseguem identificar o pensamento pela tonalidade. Há também os que o fazem pelas imagens que criamos no campo energético, enquanto pensamos. Mas isto depende do tipo de pensamento e do estado íntimo do desencarnado.

— Nesse caso, cada pensamento tem uma cor específica?

— Sim. A variedade de cores depende da vibração gerada pelo que pensamos.

Ela parou de falar, dirigiu o olhar serenamente para Márcio e assim permaneceu, por alguns minutos. Desajeitado, ele comentou:

— Olha como é linda essa paisagem!

Ela esboçou um sorriso, pura expressão de paz. O diálogo fora encerrado, mas Márcio passou a sentir uma sensação de leveza e, em instantes, já não ouvia o ruído causado pelas pesadas rodas do trem sobre a linha férrea. Fechou os olhos e, logo, sentiu-se distanciado do corpo físico. Como num sonho, viu em sua frente alguém cuja fisionomia não lhe era estranha.

— Márcio - falou aquela mulher, espírito desencarnado, com

firmeza e bondade –, não perca a oportunidade de ouvir o que os outros desejam expressar, mesmo quando as palavras demonstrarem uma conotação de agressividade, pois isso nos serve de exercício de paciência e uma boa oportunidade de aprender a perdoar irrestritamente. Também existem momentos em que a ajuda do Alto nos chega por meio de quem jamais imaginamos: um desconhecido, por exemplo. Sugiro, para o seu bem, que pare de se sentir um coitado... um sofredor! Encare a sua atual realidade e tente viver conforme nos indica Jesus, o Divino Mestre. Busque nele o socorro, que certamente não faltará, a não ser que você mesmo dificulte.

Depois de uma pequena pausa, prosseguiu:

— Por causa da obscuridade da ignorância, que gera um condenável preconceito, e considerando o seu próprio merecimento, certamente você ainda encontrará pela frente muitos espinhos que serão cravados, cuja dor não se afigura a que é gerada pelas lesões no corpo físico que, com os cuidados médicos, logo se extingue. Refiro-me à dor moral, na feição de menosprezo e humilhação, que toca o profundo da alma. Vivendo o ensinamento do Divino Mestre, você não vai extinguir, por agora, as dores morais, contudo, encontrará o alívio e, sobretudo, a prevenção.

Márcio acordou sem se dar conta de quanto tempo havia dormido. Na verdade, foram horas de sono reparador, benefício que lhe chegara proveniente de uma sentida prece feita por Cecília, sua companheira de viagem que, naquele momento, ao vê-lo abrir os olhos, falou sorrindo:

— Dormiu bastante! Dá para perceber, pela sua fisionomia, que você está bem melhor!

— Você é demasiadamente perceptiva!

— Talvez seja porque eu tenho observado muito os hábitos e as reações que as pessoas adotam em suas vidas. Com isso, aprendi, entre outras coisas, que podemos evitar determinados sofrimentos, principalmente quando diz respeito a situações de natureza difícil, buscando a autoaceitação, e lutando pela sua reversão, em vez de se estigmatizar, na condição de um pobre coitado. Do contrário, perde-se a autoestima e o amor-próprio, que deve ser na mesma medida em que amamos aos outros, como nos indicou Jesus quando asseverou que devemos amar ao próximo como a nós mesmos...

Márcio ouvia com bastante interesse, mas ela interrompeu a conversa ao olhar pela janela do trem:

— Oh! Já estamos chegando ao meu destino! E você, fica também aqui, em Belém?

— Sim - respondeu ele, claudicante, pois ainda não estava certo do seu destino.

— Aqui está o endereço onde pretendo permanecer, enquanto completo os meus estudos - disse ela, com a mão estendida. E completou: - A sua visita seria, para mim, um motivo de alegria. Confie nisso!

— Grato, Cecília, pela ajuda! Sinto-me como alguém que recebe uma dose de analgésico, quando a dor é muito forte.

— Não se impressione com a dor, porque ela é sempre passageira.

Ela deixou a estação férrea e Márcio, ao perceber o movimento do local, pessoas que chegavam e saíam, exclamou assustado:

— Meu Deus, o que será de mim?!

Sem destino certo, sentou-se num banco e, observando o ambiente, percebeu que as pessoas que passavam ali o olhavam insistentemente, o que o fez imaginar:

— Será que estão notando que sou diferente?

Na verdade, o que chamava atenção era a beleza do seu rosto e a sua simpatia, facilmente notadas. Mas, é próprio das pessoas, quando se encontram em uma situação psíquica desagradável, tenderem mais para o negativo do que para o positivo.

2

Entre o desespero e a esperança

Mesmo quando alcançado pelos mecanismos da justiça divina, o infrator das leis imutáveis não está sozinho. Deus socorre o homem, pelo próprio homem.

Dizzi Akibah

Passaram as horas e, no fim do dia, ele ainda se encontrava ali, plantado naquele banco, sem saber o que fazer da vida. Do dinheiro que levava, restavam apenas algumas moedas. Anoiteceu. Ele então se encolheu no banco e, ali mesmo, dormiu. No dia seguinte, a mesma situação. À tarde, porém, pensou em sair à procura de uma atividade qualquer, mesmo que o ganho fosse apenas o suficiente para alimentá-lo, mas a pequena bagagem que levava era, para ele, um obstáculo. Como pedir emprego carregado de bagagem? Inseguro e triste, abaixou a cabeça e apoiou o rosto nas mãos, quando ouviu atrás de si:

— Boa tarde!

Márcio dirigiu o olhar e viu uma mulher de avantajada compleição, pele negra e os dentes tão brancos, que embelezavam o seu sorriso alegre e amável.

— O que preocupa você, meu filho? Se precisar de mim, o pouco que eu puder fazer será de coração.

Era Erotildes, uma servente da limpeza que, sem ele perceber, observava-o desde o dia anterior.

Márcio lembrou-se do que ouvira no sonho e, sentindo um novo alento, dirigiu-se à desconhecida:

— A senhora poderia guardar essa mala para mim?

— Sim! Eu a tranco ali no armário - falou, apontando para uma peça de madeira.

Recebeu a mala e, em vez de ir guardá-la, perguntou cheia de curiosidade:

— Perdeu o endereço?

— Senhora, só perdemos o que já temos. Eu não tenho endereço.

Livre da bagagem, ele saiu, observando as casas comerciais em volta, sem saber, contudo, como se dirigir a alguém para pedir emprego. Sentindo essa dificuldade, retornou no começo da noite à estação, sem nada ter conseguido.

* * *

De volta à casa de Mariângela, o ambiente familiar se encontrava totalmente mudado. Ela, pensativa, fechada em si mesma, pouco falava. Passou a evitar as pessoas amigas e até mesmo aos atos da igreja evangélica que frequentava deixou de comparecer. Anselmo, porém, não demonstrava qualquer sinal de tristeza com a ausência do filho, mas muita revolta. Tanta que, em vez de encarar a realidade e sobrepujá-la com o desejável amor paternal, passou a buscar fuga na bebida alcoólica. Cíntia, no entanto, era a mais sentida. Tinha pelo irmão tanta afeição, que desde o dia em que Márcio viajara, ela não se alimentava. Chorando, perguntava insistentemente:

— Mãe, quando Marcinho vai voltar?

Mariângela, a exemplo da resposta que dava à filha, repetia sempre às pessoas que o filho tinha ido estudar em outra cidade.

* * *

Logo que Márcio retornou à estação, Erotildes, demonstrando bastante interesse, quis saber:

— Oh, meu menino! Conseguiu o que foi procurar?

— Ainda não - respondeu desalentado.

— Não desanime! O bom ânimo e o entusiasmo pelo que planeja conseguir sempre evitam o pessimismo e geram esperança! Eu posso falar sobre isso, porque passei por esse tipo de experiência. Não foram apenas alguns dias ou meses caindo e levantando. Foram anos, até o dia em que eu descobri que tudo me ocorria desse jeito porque eu não tinha apreço por mim. Isto é, não me aceitava como sou, assim, gorda, negra e feia! Quando eu saía em busca de uma oportunidade, ia achando que não daria certo por causa da minha aparência. Ao conversar com um empregador, em vez de ensaiar um sorriso para me tornar mais agradável, eu demonstrava uma fisionomia amarga e cheia de tristeza, pensando que com isso poderia despertar a compaixão das pessoas. Mas isso me deixava mais feia do que acho que sou! - falou, rindo gostosamente.

Márcio, depois que saiu de casa, sorriu pela primeira vez, achando engraçado o jeito sincero da mulher, e então aproveitou o momento para fazer uso da sua habitual sinceridade:

— Dona Erotildes, creio que a senhora tenha descoberto que tudo isso era um engano, porque eu, por exemplo, acho-a simpática, agradável e de muita amabilidade! Realmente, se a senhora sorrisse nestas oportunidades, facilitaria muito, porque o seu sorriso é algo raro, ainda mais com esses dentes tão brancos e bonitos!

— Menino Márcio, acabei de descobrir agora que você tem o coração cheio de bondade, a ponto de me dizer coisas assim. Se fosse isso mesmo, talvez tivesse sido mais fácil. Mas, voltando ao assunto, eu realmente descobri, não exatamente o que você acabou de falar, mas que sou filha de Deus e que, se alguém cai na infelicidade de se desvalorizar perante si mesmo, ninguém lhe dará valor. Assim, descobri também que cabe a mim mesma traçar a minha vida e fazer dela o melhor que eu puder. Foi aí que os meus problemas, que hoje chamo de fantasmas, desapareceram. Arranjei esse emprego que muitos rejeitam, mas, além de me sentir honrada com o que faço, é dele que tiro o sustento, não só meu, mas também de um filho deficiente físico.

Ela parou de falar por instantes e, em seguida, pôs a mão no ombro de Márcio e continuou:

— Cada um de nós carrega o seu fardo. Uns mais pesados, outros mais leves... Os mais pesados não são os que enfrentamos no dia a dia, e conseguimos resolver com pouco esforço. Estes são pequenos desafios, que normalmente a vida nos faculta, como lições de vida. Os mais pesados são, porém, os que passam de uma para outra encarnação, citando como exemplo o ato de prejudicar a paz e a liberdade dos outros, que acaba sendo um desrespeito às leis imutáveis do Divino Senhor.

Depois de uma pequena pausa, prosseguiu:

— Meu menino, nunca se menospreze. Ao contrário, ame a si mesmo e acredite que o pensamento dos outros a seu respeito só lhe atinge se você mesmo permitir. Compreende? Aliás, espere um pouquinho, que eu tenho uma coisa para dar a você.

Voltou em alguns minutos, com um papel na mão:

— Toma menino! Toda vez que falarem mal de você, leia essa mensagem.

Márcio segurou curioso o papel, que continha apenas uma frase: "Quem não tem pecado, atire a primeira pedra. Jesus Cristo"

— Gostou? - perguntou ela curiosa.

— Não só gostei! Isso me chega na hora certa, como um remédio eficiente para uma dor quase insuportável.

— Eu sabia disso! Mas, mudando de assunto, você já comeu alguma coisa agora à noite?

— Ainda não, mas já vou fazer isso.

— Venha comigo - falou ela, saindo rapidamente.

Logo já se encontrava em frente a um balcão. Márcio se aproximou, e uma jovem de olhos esgazeados mirava-o fixamente:

— Dona Erotildes, quem é esse... Que rosto lindo!

— Respeito é bom, menina! Apesar de se encontrar escasso, não deve faltar - falou rindo, e se retirou.

Márcio satisfez o estômago e começou a contar algumas moedas, mas a jovem que o atendeu disse, sorrindo:

— Guarde seu dinheiro, porque já está pago!

De volta ao banco onde se acostumara a sentar, pensava:

— Quanta bondade dessa mulher! Será mesmo verdade que, quando nos fecham uma porta, Deus abre outras?

Aproximou-se e lá se encontrava ela a sua espera. Ele abriu os braços para abraçá-la, mas ela não correspondeu ao gesto, alegando que não precisava agradecer e, além do mais, aquela roupa que usava para o trabalho já não estava limpa. Mas Márcio abraçou-a assim mesmo:

— Deus tome conta da sua vida!

A expressão foi tão sincera e amorosa, que levou Erotildes, que era muito sensível e perceptiva, às lágrimas. Márcio, por sua vez, também muito emocionado, logo se deu conta que lágrimas rolavam pelo rosto.

— Nós estamos chorando e o povo nos olhando! - falou Márcio, misturando o riso às lágrimas.

— Não é por isso não, meu menino! É pura maldade. Deve estar pensando que sou uma velha desavergonhada!

Riram os dois. O estado psíquico de Márcio sofreu uma repentina mudança. A amizade sincera é combustível que alimenta a positividade e abranda os ânimos. Afinal, onde se encontra o amor, estão também a paz e a esperança.

— Agora tenho que ir para casa. Terminei meu plantão e só estarei aqui depois de amanhã. - Quando sentir fome - falou apontando para o local onde Márcio havia feito a leve refeição -, pode ir lá e comer o que precisar. Já está tudo certo.

— A senhora não deve fazer isso, porque...

— Menino Márcio, não proteste, porque quem fala mais alto, agora, não sou eu e nem você! É a necessidade. Tome aqui essa chave. É do local onde guardo os materiais de limpeza. Fiz lá uma arrumação e ficou agradável. Mais tarde, quando o movimento cair, vá lá, abra e durma. É melhor do que ficar aqui nesse banco duro.

A mulher foi se retirando e Márcio, olhando para ela, pensou:

— Oh, Deus! Eu já estava começando a duvidar da Sua existência! Mas agora eu compreendo como o Senhor cuida dos Seus filhos, entre eles eu mesmo.

No dia seguinte, Márcio acordou com alguém batendo na porta. Era a outra servente. Uma jovem bastante agradável, e também atenciosa com as pessoas. Percebendo que ele, ao abrir a porta, não estava tranquilo, procurou amenizar:

— Não se preocupe! Dona Erotildes já me falou sobre você.

Momentos depois, relembrando as palavras de incentivo da nova amiga, ele saiu, afirmando para si mesmo:

— A partir de agora, não quero mais me sentir diferente. Diferente, mesmo, será o dia de hoje, porque uma coisa boa vai me acontecer! - E seguiu repetindo: - Uma coisa boa vai me acontecer...

Depois de meia hora de caminhada, pela parte comercial da cidade, viu do outro lado da rua uma loja de grande porte. Entrou e ficou observando o movimento dos vendedores, dos clientes... Até que ouviu atrás de si:

— Bom dia! Já foi atendido?

Olhou na direção e se deparou com uma jovem cujo olhar expressava vivacidade e, ao mesmo tempo, brandura.

— Ainda não - respondeu tímido.

— Estou aqui para atendê-lo.

— Agradeço, mas eu não vim fazer compras. Eu gostaria de falar com o proprietário... Ele se encontra?

— Bem, são dois sócios, mas no momento quem se encontra é o senhor Luís Moreira. Ele fica no escritório, na parte de cima. Eu posso anunciá-lo, mas preciso saber qual é o assunto.

— Eu estou precisando trabalhar.

— Então, é com ele mesmo. Acompanhe-me!

Ao chegar à porta da sala, Márcio parou. Percebendo, ela incentivou-o:

— Não tenha receio. Entre!

Moreira, vendo-o em sua frente, ajeitou os óculos, como se desejasse enxergar melhor, e falou com voz grave:

— Puxe a cadeira e sente-se. Você já trabalhou em algum lugar?

— Não, senhor.

— O que você saberia fazer aqui?

— Eu sou estudante... Mas qualquer coisa que eu possa me adaptar, mesmo que seja na limpeza da loja.

— Bem, como você chegou num momento em que estou precisando, vou lhe dar uma oportunidade de escolha: quer trabalhar aqui comigo ou lá embaixo, atendendo aos clientes?

— Se realmente posso escolher, faço a opção pelo atendimento aos clientes. Desejo adquirir essa prática.

Moreira estendeu a mão com um lápis e uma folha de papel:

— Escreva aqui seu nome completo e endereço.

Márcio ficou apreensivo, porque não tinha endereço certo, contudo usou o recurso da sinceridade, informando que ainda ia procurar um lugar para fixar residência. Que a sua primeira preocupação, ao chegar à cidade, foi de procurar uma atividade, porque desejava continuar seus estudos. Moreira então respondeu:

— A sua sinceridade acabou me inspirando confiança. Assim sendo, até amanhã, às sete horas em ponto, para abrir a loja e arrumar a mercadoria nas prateleiras.

* * *

No dia seguinte, quando Moreira chegou e viu Márcio, que já o esperava, foi logo dando ordens:

— Abra todas as portas, reponha as mercadorias que estão fora das prateleiras... Bem, se tiver alguma dificuldade, fale com Indaiara, a moça que lhe atendeu ontem.

Márcio abria a última porta, quando entrou na loja um homem de alta estatura, fisionomia carrancuda, e se dirigiu rapidamente a ele, com expressões bruscas:

— Quem é você, novo empregado?

— Sim, senhor! - respondeu contrafeito.

— Como?! Se eu também sou dono disso aqui e não fui comunicado?

Márcio percebeu a intenção de provocá-lo, e silenciou.

— Fique sabendo de uma só vez que me ocupo, aqui, em observar quem gosta ou não de trabalhar. Os que demonstram eficiência no atendimento à clientela são por mim aprovados. Mas os que aqui chegam sem essas qualidades, rua! Cuide-se, se realmente está precisando do emprego - ameaçou grosseiramente João, primo e sócio de Moreira.

Márcio ouviu calado, e sentiu vontade de desaparecer dali, mas assim como a semente, que normalmente germina ao ser colocada em ambiente favorável, a palavra também precisa do ambiente e do momento certos para atingir a sua função. Assim é que Márcio lembrou-se do que lhe dissera Erotildes, sobre a necessidade que, por sua vez, leva a criatura ao uso do seu potencial de resistência para a devida superação. Aquietou o seu íntimo e, logo que começou a arrumar as mercadorias nas prateleiras, ouviu a voz de Indaiara, que acabava de chegar.

— Oh, que bom! Seja bem-vindo!

Ele agradeceu monossilabicamente, conservando o mesmo receio de envolvimento com o sexo oposto. Mas, à proporção que os dias iam passando, Márcio se tornava um bom vendedor. Gostava do que fazia, contudo, não mantinha a mesma satisfação em relação ao ambiente de trabalho, por causa do tratamento grosseiro de João, o seu chefe imediato, e as insinuações constantes de Indaiara. Apesar de gostar muito dela e admirar a sua beleza, não tinha intimamente condições de corresponder aos seus sentimentos.

Mas, apesar de tudo, ele se encontrava cheio de esperança de organizar a sua vida e continuar os seus estudos. Erotildes, que dia a dia se afeiçoava mais a ele, estava muito satisfeita. Incentivava-o e não se esquecia de fazer a mesma recomendação:

— Se alguém falar mal de você, não se esqueça de Jesus: "Quem não tem pecado, atire a primeira pedra."

Passara-se um mês, e Márcio recebera com bastante alegria o seu primeiro salário. Era pouco, mas para ele, devido à situação momentânea, afigurava-se enorme. Chegou à estação, eufórico, à procura da boa amiga Erotildes, que naquele momento passava um pano no chão, cuidando, como sempre, da limpeza. Ao vê-lo, foi logo falando com o sorriso alegre de sempre:

— Essa cara alegre me faz crer que coisa boa aconteceu!

Ele pôs a mão no bolso, pegou as poucas cédulas e estendeu a mão em direção à servente.

— Não, meu filho! Eu não preciso saber quanto você ganha!

— Não é isso, dona Erotildes! Eu sempre pensei em dar para a minha mãe, quando eu começasse a trabalhar, todo o dinheiro do meu primeiro salário. Como estou bastante longe dela, peço à minha segunda mãe, como a considero, que receba este dinheiro. Não há nenhuma intenção de pagar qualquer coisa, pois todo o apoio que tenho recebido da senhora tem origem na bondade do seu coração, que está sempre cheio de amor, e isso não tem preço, porque o amor não se vende... Não se paga. Leve e compre alguma coisa para o seu filho, que não tem condições de trabalhar.

Erotildes logo começou a chorar. Instantes depois, limpou os olhos e respondeu:

— Eu e meu filho não estamos precisando de nada, além do que temos. Gaste só o necessário e o resto você guarda para cuidar de organizar a sua vida. Eu vou ter uns dias de descanso, e não sei, durante a minha ausência, se vão deixar você usar aquele local para dormir.

Ela se afastou do trabalho, como havia dito, e três dias depois, quando Márcio tinha acabado de deitar, ouviu toques na porta. Abriu-a e se defrontou com um senhor de meia idade, que logo foi perguntando:

— Quem é você e o que faz aqui?

Márcio se sentiu em uma situação vexatória. Se dissesse a verdade, poderia prejudicar Erotildes. Se assumisse a responsabilidade, seria considerado um invasor. Assim, procurou ser hábil e começou a falar reticencioso:

— Eu vim de uma cidade muito longe... Desejo apenas continuar meus estudos... Estou trabalhando e também procurando uma casa para alugar. Por isso, peço que o senhor tenha um pouco de compaixão de quem, com tanta bondade, vem tentando me ajudar.

— Nem precisa dizer o nome. Aquela mulher quer ser mãe de todo mundo. Coitada! Quanto a você, eu até que compreendo a sua situação, todavia, não posso mantê-lo aqui, pois isso pode me causar alguns constrangimentos. Até amanhã, você pode dormir aqui. Depois, me entrega a chave.

O homem chamava-se Eleutério, e era o administrador da estação férrea. Na verdade, se ele quisesse, poderia deixá-lo dormir ali todo o tempo que necessitasse. Mas, como a maledicência nas mentes maldosas tem o mesmo vigor da erva daninha num terreno fértil, não faltou quem, duvidando maldosamente da masculinidade de Márcio, comentasse com o administrador, que, por sua vez, era também preconceituoso em relação ao assunto.

Até ali, Márcio havia considerado os acontecimentos como dificuldades. No entanto, os infortúnios estavam chegando de um a um. Contudo, ele não estava sofrendo nenhuma injustiça. Era o passado voltando ao presente.

Por mais que procurasse, não encontrava um local cujo valor do aluguel fosse compatível com os seus ínfimos recursos. Assim é que, dois dias depois, entregou a chave do pequeno compartimento ao administrador. À noite, como não tinha para onde ir, recostou-se, como de início, no banco, e ali mesmo dormiu.

No dia seguinte, logo cedo, já se encontrava na loja, para mais um dia de trabalho. Era uma sexta-feira e João, seu chefe imediato, que apesar de reconhecê-lo como íntegro na função que exercia, vinha observando-o maldosamente, desconfiado da sua masculinidade.

Indaiara se aproximou de Márcio, já falando bem junto ao seu ouvido:

— Por que você é arredio comigo?

— É engano. Eu tenho por você muita afeição.

— Não quero apenas essa sua afeição. Não percebe que estou gostando muito de você?

Márcio, corado e bastante perturbado, respondeu:

— Eu também gosto muito de você, mas é algo parecido com o que sinto pela minha irmã. Eu tenho uma irmã... Acho que não lhe disse isso! - falou, tentando desviar o assunto.

Indaiara, esperta, desinibida e momentaneamente extrovertida, foi taxativa:

— Será que eu tenho que dizer tudo para você entender? Ora, Márcio, eu quero você! Deu para compreender, ou...

Ele perturbou-se ainda mais com a clara insinuação, e passou a medir as palavras:

— Não é assim como você pensa. É que eu não devo... Não posso... Talvez não conseguisse isso que você me propõe.

— Por acaso você não é um homem? - desafiou.

Ele, entretanto, nada respondeu. Abaixou a cabeça e, visivelmente triste, sussurrou:

— Dá licença, Indaiara. Eu preciso trabalhar!

Terminado o diálogo, João, habituado a agir com maledicência, subiu rapidamente os degraus da escada e se posicionou em frente ao sócio Moreira, falando a toda voz:

— Você contratou um... Um cara com características femininas, para trabalhar comigo?!

— Acalme-se rapaz! A quem se refere?

— O Márcio... Deveria se chamar Márcia.

— O que você está me dizendo?!

— Isso mesmo. Eu vinha observando-o e acabei de provar isso, há pouco, num diálogo dele e Indaiara. Rua para ele. Aqui não é lugar de...

— João! - falou Moreira com firmeza, e prosseguiu explicando: - Ele é um bom funcionário. Responsável e atencioso de tal maneira, que há poucos dias recebi de um importante cliente agradecimentos pelo bom atendimento dispensado por ele. O problema dele, se é que verdade, não dá para ser notado facilmente, a não ser que alguém observe com interesse, como acho que você o fez, não sei com qual intenção. Não vejo razão de demitir o moço, já que é de bom comportamento. Ele é estudante e pensa em continuar, para ser médico. Olha João, nós nunca sabemos do futuro. E se um de nós, aí pela frente, precisar urgente de um médico, e for ele quem venha salvar a minha ou a sua vida?

— Eu preferiria morrer, a ser atendido por alguém assim.

— Melhor não usar arrogância, porque nós não sabemos por que alguém nasce assim, e você, que vai se casar, certamente pensa em ser pai! Não esqueça que a verdadeira justiça é a divina...

— Não sei o que deu em você, que ultimamente não vem se comportando energicamente. O que está havendo, Moreira? Agora você quer perdoar todo mundo... Ajudar a todos... Vai ser o pai da caridade?

— Um dia desses falarei sobre isso, mas só quando você estiver mais afeito ao bem. Quanto ao rapaz, eu não o demitirei. E peço, por favor, que não o humilhe.

— Muito bem. Mas, já que sou seu sócio, posso também decidir, principalmente porque ele trabalha sob a minha responsabilidade.

No fim do dia, João chamou Márcio e disse, abrupto:

— Você não precisa vir mais, a partir de amanhã. Passe aqui à tarde, para receber os seus dias trabalhados.

— Posso saber qual foi o meu erro?

— Aqui é lugar de homem... másculo!

Márcio sentiu a angústia interditar a sua voz - um nó na garganta, como se diz popularmente. As lágrimas dessa vez, não chegaram aos olhos. Era como uma sentença - mais um infortúnio: sem ter um teto para se resguardar das intempéries do tempo, sem trabalho... Restava apenas o dinheiro que economizou.

Com as pernas trêmulas, voltou à estação, mas notou que as pessoas que lhe foram apresentadas por Erotildes não mais o cumprimentavam. O ambiente ficara hostil. Já de madrugada, ele lembrou-se de um vagão[1] que se encontrava sobre as linhas férreas, no mesmo lugar desde que ele ali chegou e, concluindo que ele se encontrava sem uso, dirigiu-se para o local, empurrou a grande e pesada porta, que cedeu rangendo. Entrou e percebeu que, no espa-

1 Composição do trem de carga.

ço, dava para colocar uma cama e outros móveis que compunham o mobiliário simples de uma casa. Acabava de surgir uma nova esperança. Pelo menos, não ficaria ao relento. Deitou-se no piso e ali mesmo dormiu. No dia seguinte, procurou o administrador da estação e este, ao vê-lo, perguntou:

— Ainda por aqui? O que deseja de mim?

— Apelar para a bondade do seu coração. Apesar de o senhor ter me desalojado, sei que não o fez por maldade. A maldade está naqueles que sugeriram ao senhor que agisse assim. Não sei o porquê, mas percebo facilmente nas pessoas a bondade ou a maldade, e sei que o senhor é uma pessoa boa. Apesar do que falaram de mim, tenha certeza de uma coisa: não me comporto como imaginam e isso me custa muito! Nem por isso, eu deixo de ser filho de Deus... Tenho apenas dezoito anos, mas desventura suficiente para pensar até em dar fim à vida.

O homem ouvia-o boquiaberto. Márcio parou de falar e ele, pensando nos filhos, comentou:

— Eu não desejo isso para os meus filhos. Para você também não! Diga o que quer de mim.

Márcio falou sobre o vagão desativado, e ele então respondeu:

— Faça dele, por enquanto, o seu abrigo. Contudo, me faça também um favor: não diga que fui eu que permiti.

No dia seguinte, Márcio comprou um colchão, um pequeno fogareiro a gás e mais alguns objetos de uso diário. À noite, sentou-se na porta do vagão e passou a fitar o céu, pontilhado de estrelas.

— Grandioso Deus! - disse, com a mente totalmente voltada ao Alto. - Desejo agradecê-Lo pelos bens que tenho recebido da Sua divina bondade, entre eles este abrigo improvisado. Creio firme e profundamente que o Senhor me criou e que é meu Pai. Pergunto, poderoso Senhor, por que nasci assim diferente dos outros homens, que se casam, organizam um lar e nele desfrutam da convivência dos seres amados?

"Eu, Senhor, não tenho mais um lar, e sei que jamais terei uma família. Ensina-me a viver nessas condições, para que o desespero não me force a perder a dignidade, a qual muitos imaginam que já não possuo."

Essa foi a primeira vez que Márcio elevou a mente e orou com fé e sinceridade. Em seguida, ele fez deslizar a porta da locomotiva, fechou-a e deitou. Desde que saíra de casa, era a primeira vez que ia dormir sobre um colchão. Sentindo-se confortado, adormeceu serenamente e, em sonho, percebeu que alguém se aproximava dele. Era Salusiano, já desencarnado. O mesmo pedinte com quem se aconselhava, quando ainda se encontrava na sua cidade.

— Meu filho - disse o bom velhinho -, nesses últimos dias eu tenho observado você. Sei das suas lutas, das suas dores morais. Mas eu venho dizer que não perca o ânimo e mantenha, doravante, esse fio de comunicação que restabeleceu há pouco com o Pai da vida. Em vez de repudiar aqueles que o maltratam, ame-os, como ensinou Jesus, o Divino Mestre de todos nós. Em seu caminho, não há injustiça, e sim oportunidade de quitar débitos, e o devido ajuste para com a divina lei. Seja bondoso, paciente, misericordioso, e tenha sempre compaixão daqueles que passam por sofrimentos profundos e bem maiores, comparados aos que você vem experimentando. Perdoe sempre, mas o faça, em primeiro lugar, a você mesmo e a seus pais, que, ainda longe da devida compreensão, sofrem muito por você.

Acordou com os raios solares já aquecendo a vida. Era um novo dia. Sentiu muita saudade de Erotildes, que tinha se ausentado do trabalho.

— Preciso vê-la - falou para si mesmo, já saindo em direção à estação. Lá, procurou a outra servente, pediu o endereço e seguiu em direção à casa.

* * *

Voltemos à casa de Mariângela.

Era uma sexta-feira. Mariângela havia saído com Cíntia para comprar alimentos. Retornou à casa. Ainda não era meio-dia e lá se encontrava Anselmo, deitado no piso da sala. Ela se aproximou e percebeu que ele estava alcoolizado. Algumas folhas de papel, espalhadas pelo vento, chamaram a atenção de Cíntia.

— O que é isso?

Mariângela examinou o conteúdo e levou um grande susto. Como se não bastasse, ele tinha sido demitido. Anselmo atuava na área técnica-operacional da empresa de transporte ferroviário que, na época, ainda em operação, era responsável pela linha que ligava Bragança a Belém do Pará. Numa terça-feira, dia de pagamento, chegou ao seu local de trabalho semiembriagado, e acabou cometendo uma grave falha. Em consequência, um acidente sem vítimas, porém, com bastante prejuízo material para a empresa.

— Meu Deus! Que faremos das nossas vidas?

Horas depois ele acordou, levantou e, percebendo que a esposa já havia tomado conhecimento do ocorrido, falou desanimado:

— Sei que aqui não vou arranjar outra atividade. Penso que o melhor é deixar tudo isso para trás e procurar refazer as nossas vidas, longe de tudo que nos ocorreu. Podemos vender a casa e, com o dinheiro, comprar outra no lugar onde formos nos estabelecer. Certamente vou me sentir melhor. Tenho também um bom dinheiro guardado, que dá para começar um pequeno negócio.

— Anselmo, como sair daqui? Esse é o único endereço que Márcio tem, para enviar notícia. Não sabemos se ele está vivo ou morto! Se formos embora, jamais teremos notícias do nosso filho.

— Ora, Mariângela! Esqueça desse filho! Não vê que tudo começou por causa dele? Se você concordar, uma coisa eu garanto: nunca mais tocarei em bebida alcoólica. As lembranças estão em cada móvel, em cada parede... Em tudo dessa casa. Em outra, não! Eu sinto que vai ser melhor para nós.

Uma promessa não impossível, porém difícil de ser cumprida por ele. Anselmo, na verdade, não era um dependente. Foi a falta de vigilância que permitiu a alguns espíritos obsidiá-lo.

* * *

Erotildes tinha terminado de dar comida ao filho e, quando se dirigia ao fogão, para preparar o seu prato, ouviu pela porta que estava aberta:

— Tem também para mim?

Ela olhou e, percebendo de quem se tratava, a alegria foi tamanha que deixou o prato cair da mão, transformando-se em cacos no chão. Mas nem se importou! Com os braços abertos, se aproximou e abraçou-o fortemente:

— Ora, meu menino, que surpresa!

— Estava sentindo muita saudade!

— Venha cá - falou, entrando num pequeno quarto. - Esse é o meu filho, Francisco.

— Minha mãe fala muito sobre você. Diz até que gostaria de ser sua mãe. Imagina! Negra assim, com um filho de pele clara e de tão boa aparência - falou rindo Chico, como era tratado na intimidade do lar.

— Agora, meu menino, me conte as novidades. Sei que há muitas, inclusive a sua presença aqui em hora de trabalho.

— É! A senhora está certa. Perdi o emprego - e passou a narrar os pormenores dos últimos acontecimentos. Depois de ouvir toda a narrativa, a boa mulher sugeriu:

— Venha pra cá. O quarto é pequeno, mas, cabe mais uma cama. Você se importa, Chico?

— De forma alguma. Assim eu terei um amigo para conversar.

— Agradeço muito, contudo, aqui é o seu lar! Se desse certo, o passarinho aceitaria mais um no seu ninho.

Riram todos, e ele completou:

— Estou satisfeito onde me encontro. Imagine! Ganhei uma casa que é, ao mesmo tempo, um trem.

Márcio retornou bastante alegre. Tinha uma família. Embora não fossem parentes por consanguinidade e não morassem juntos, compreendiam as suas dificuldades.

Nesse novo estado psíquico, ele não perdeu a esperança de arranjar outro emprego. Essa persistência era mantida por conta do efeito das palavras animadoras de Erotildes. Contudo, apesar de todo esforço, dois meses depois nada havia conseguido. Erotildes, logo que retornara às suas atividades, na estação, foi ver o local onde o seu pupilo se alojava, e chegou trazendo sugestões:

— Precisa arranjar uma tinta para pintar isso aqui... Umas cadeiras para sentar e enfeitar um pouquinho. Está sem graça, para alguém que deve reconquistar a alegria de viver!

Dois dias depois, na hora do almoço, Márcio ouviu a voz da amiga chamando-o. Abriu a pesada porta e desceu. Logo que ele se aproximou, ela, que estava com uma das mãos para trás, estendeu-a na sua direção:

— Toma, meu menino! Parabéns e feliz aniversário!

Márcio surpreendeu-se. Havia se esquecido do seu aniversário. Pegou o presente e, ao abri-lo, ficou bastante emocionado. Era uma pequena pintura retratando o rosto de Jesus Cristo. Ele levantou-a até a altura dos olhos e ficou olhando... olhando... Em seguida, beijou-a, falando:

— Eu sempre o admirei, mas agora sinto que preciso ir além da simples admiração.

— É só amar ao próximo como a você mesmo, e querer para os outros o que deseja para você. O mais é só colocar este mesmo amor em ação, meu menino!

— Por falar em caridade, para que a senhora quer aquele saco cheio de roupas e sapatos usados? Ah, sim! Também aquela pilha de prato, panela velha...

— Ora, Márcio - chamou-o pelo nome pela primeira vez. - Aquelas coisas que os ricos jogam no lixo são de grande valia para muita gente. Distribuo entre as pessoas carentes, numa casa de oração e caridade que frequento.

3

Reabastecendo o otimismo

O entusiasmo, mesmo quando passageiro, robustece e sustenta o otimismo, força indispensável às grandes realizações.

Dizzi Akibah

Os dias foram passando, sem que Márcio conseguisse uma nova atividade. Do dinheiro que havia guardado, restava somente um terço. Dava apenas para mais um mês.

Numa quarta-feira pela manhã, ele saiu para a mesma tentativa. Quando chegou ao centro comercial, viu um jornaleiro gritando as manchetes das últimas notícias, e ficou curioso. Sentiu vontade de saber o que tinha de novidade no país e no mundo. Como gostava de ler, comprou um exemplar do periódico, foi até uma praça, sentou-se num banco e começou a olhar página por página, quando viu uma pequena nota, bem no rodapé da página: "Bolsa de estudos para jovens que queiram estudar em Portugal. As vagas são limitadas e os candidatos inscritos serão submetidos a um teste."

Ele fechou o jornal, dobrou, colocou-o embaixo do braço e ficou pensando:

— Quem me dera!

Abriu novamente o jornal, verificou o endereço para inscrição, mas custava justamente o valor que ele dispunha. Todavia, passou a monologar:

— Se eu me inscrever, como vou me alimentar? Mas, se eu desistir, posso perder uma grande oportunidade.

Inscreveu-se, e ficou sem uma moeda sequer. A partir daquele dia, começou a vender as melhores roupas que tinha para, com o dinheiro, comprar comida. Fez o teste e, até sair o resultado, ele só tinha uma roupa: a que estava vestindo. Tirava-a, lavava no interior do abrigo improvisado e permanecia lá dentro trancado, até que a roupa secasse.

Na data de saber o resultado, ele foi até o local. Como era cedo, achou por bem caminhar um pouco, até que a repartição fosse aberta. Um pouco mais adiante, encontrou um jornaleiro. Examinou o bolso e encontrou uma moeda. Comprou o jornal e sentou-se ali mesmo, na calçada, com o intuito de passar o tempo. Mas, ao abrir o jornal, viu na segunda página, bem destacado: "Estudante do estado do Pará é aprovado em teste para bolsa de estudos em Portugal."

Sem querer olhar, imaginando que não se referia a ele, fechou os olhos, mas como a curiosidade às vezes fala bem mais alto, ao abri-los, lá estava o seu nome. A emoção foi tamanha, que sentiu as mãos tremerem.

— Meu Deus, muito obrigado!

Agradeceu, achando naquele momento que todos os seus tormentos haviam passado. Foi só por um momento, porque, passada a euforia, sua mente levou-o a Bragança, seu antigo lar, e reviu pelo pensamento a imagem da mãe, do pai, da irmã Cíntia. Lembrou-se de quando ele era ainda criança, que segurava na mão da mãe...

Brincava de bola... Ali mesmo, sentado no chão, deixou que as lágrimas banhassem o seu jovem rosto.

Depois de alguns minutos se recompôs, dirigiu-se à instituição educativa onde fizera o teste, e tomou conhecimento, dentre outros detalhes, de que a sua viagem para Portugal deveria acontecer em quarenta e cinco dias. Mas, que antes disso, ele teria que se submeter a uma entrevista, quando seria informado sobre a documentação indispensável para sua permanência no país luso.

— Uma entrevista?

— Sim, mas é só *pro forma*. Não vai alterar, em hipótese alguma, o resultado da prova que lhe dá direito à bolsa de estudos - respondeu a atendente.

Márcio saiu dali com o coração cheio de esperança e satisfação, de tal maneira que gostaria de dividir a emoção com alguém. A sua família, por exemplo. Mas, não tendo condições íntimas e financeiras para tal, voltou ao seu abrigo improvisado, escreveu uma carta com mais de cinco folhas de papel e, cheio de satisfação, postou-a.

No dia seguinte, logo que chegou à instituição educativa, local marcado para a entrevista, foi chamado.

— Sente-se aqui - falou um senhor de semblante fechado. Além de professor, ele era também psicólogo e diretor da instituição. Ele era o encarregado, no estado do Pará, pela seleção feita para a bolsa de estudos.

Márcio abaixou a cabeça, aguardando que o professor lhe dirigisse a palavra, mas os minutos foram passando e ele, cheio de curiosidade, dirigiu o olhar e percebeu que o homem tinha o olhar fixo nele. Em vez de manter-se de fronte erguida, Márcio desequilibrou-se e logo lhe veio à ideia de que a sua intimidade estaria sendo desvendada. As mãos trêmulas e o olhar inquieto denunciaram o seu estado psíquico. Neste momento, o professor perguntou-lhe:

— Sente-se mal, rapaz?

— Não, senhor! Acho que é apenas nervosismo! - procurando se posicionar melhor na cadeira, a expressão corporal com características femininas, embora sutil, não passou despercebida ao seu entrevistador, que ajeitou os óculos e, puxando os pelos que compunham o farto bigode, perguntou:

— Onde você reside?

— Eu... Bem, eu não tenho residência fixa... - narrou com sinceridade a sua situação. Ao terminar, o homem inquiriu-o:

— Por que você deixou a sua família?

A cada pergunta que era feita, Márcio se sentia mais inseguro. Apesar de ser amante da verdade, ele respondeu à pergunta repetindo o que já tinha dito a outras pessoas.

— Desejo estudar medicina.

— Meu jovem, li nos seus olhos e na sua fisionomia que você guarda dentro de si um grande conflito. Há algo que você consegue esconder de muitos. Mas não de mim! Compreendo a sua situação, o seu gosto pelo estudo, todavia, lamento dizer que não vou poder enviá-lo a Portugal, pois não ficaria bem para a minha reputação, como educador, enviar a Portugal uma pessoa que, segundo as minhas observações, demonstra reais tendências femininas.

Márcio, num inesperado impulso, reagiu energicamente:

— Estou certo de que o senhor não teria condições de provar o que está dizendo, que chega a ser uma provocação moral desnecessária. E, além de tudo, o senhor não deve ter se esquecido da classificação com a qual fui aprovado! Essa condição só seria mudada com a minha desistência, o que sequer passa pela minha mente. Desejo isso, com o mesmo ardor de continuar vivendo.

— Sem mais conversa! - falou o homem, já saindo da sala.

Sem ânimo para levantar da cadeira, Márcio sentiu que as lágrimas brotavam.

— Tudo perdido - falou para si mesmo.

Saiu do local psicologicamente arrasado. Sem sustentação íntima para manter um pouco de equilíbrio, falou novamente para si mesmo:

— Minha vida não vale nada. Para que viver? Só para sofrer?

— É mesmo! Você está marcado por um destino assim. Se eu fosse você, me mataria. É tão fácil... Um pouco de veneno... Um laço de corda no pescoço...

Márcio, assustado, olhou para trás. Verificou do lado direito, do lado esquerdo, e não viu ninguém. Mesmo assim, concordou com aquela voz que soou no seu campo mental.

— É isso mesmo - pensou. - Não tenho outra saída.

Não retornou ao seu abrigo. Saiu andando, sem saber para onde e, já cansado de caminhar, recostou-se no tronco de uma árvore, em uma das praças da cidade. Olhou para cima, focalizou um galho da árvore e pensou:

— Esse é bom! Só falta arranjar uma corda.

Mas o seu pensamento foi interrompido ao ouvir alguém pronunciar o seu nome. Olhou e, que surpresa!, era Cecília, a jovem que conhecera durante a viagem de trem, de Bragança a Belém.

Abraçou-o ternamente:

— Há quanto tempo! Depois de muito esperar a sua visita, cheguei a imaginar que você teria ido embora daqui.

— Desculpe-me, Cecília! Não pense que foi por esquecimento. As circunstâncias...

— O que faz aqui, sozinho?

— Eu... Na verdade... Bem, não estava fazendo nada, e então fiquei caminhando, caminhando, e acabei aqui - dissimulou.

Entretanto, observando o campo vibratório do rapaz, o que Cecília conseguia com facilidade, pois além de ser portadora de muita sensibilidade e de aguçada percepção, ouvia os espíritos, ela voltou-se para ele e começou a falar:

— O suicídio é um dos piores crimes perante as leis do Divino

Senhor! Venha comigo! - deu-lhe o braço, como faziam os jovens enamorados na época e, em seguida, sentaram-se num banco. Percebendo que ele não continha as lágrimas, apoiou a cabeça de Márcio no ombro e tentou consolá-lo:

— Chore! Abra as comportas do seu coração, há tempo tão cheio de tristeza e mágoa!

Minutos depois, já assinalando o reequilíbrio, perguntou:

— Como você descobriu o meu pensamento?

— Eu não descobri. Alguém me falou sobre as suas intenções.

— Como, se não há mais ninguém aqui a não ser nós mesmos?

— Engana-se, meu amigo! Nunca estamos sozinhos! Quem me falou, disse chamar-se Salusiano, e que lhe conhece há alguns séculos.

— Não compreendo isso!

— Por agora ainda não! Mas no futuro, você vai compreender isso e tantas outras coisas importantes. Mas, agora, o que desejo saber é o porquê de todo esse desespero.

Márcio pegou a página do jornal que continha o seu nome como aprovado para a bolsa de estudos, mostrou-a e em seguida, contou-lhe o que lhe havia ocorrido há uma hora.

Depois de refletir por alguns minutos, ela perguntou:

— Você ainda se lembra do que eu lhe disse, quando nos conhecemos, durante a viagem?

— Você falou pouco, mas me disse muito! No entanto, agora eu talvez não me recorde de tudo.

— Sim, é o seu estado psíquico que bloqueia. Então eu vou repetir: quando se trata de situações de natureza difícil, buscar a autoaceitação é o melhor caminho. Todavia, em vez de se estigmatizar na condição de um pobre coitado, deve lutar. Do contrário, perde-se a autoestima e o amor-próprio, que deve ser na mesma medida em que conseguimos amar aos outros, segundo a indicação de Jesus.

"Meu amigo, o que vem atrapalhando a sua vida é a falta de amor-próprio, de autoestima, de fé em Deus e confiança em Jesus e em outros milhares de seres que trabalham pela redenção da Humanidade da Terra. O seu problema íntimo, terreno fértil para tantas desventuras, não é dos piores! Os que humilham e repudiam você, como suponho, escondem dentro de si algo bem pior, que jamais gostariam que alguém soubesse. Assim, identificamos pessoas que, nas convenções sociais, agem usando uma pesada máscara para esconder o seu verdadeiro eu. O certo seria, em vez de ocultá-lo, encará-lo e tentar se renovar, para uma vida mais digna. Pense no que Jesus disse a Madalena. Conhece essa passagem do Evangelho?"

— Sim - respondeu ele mais animado, lembrando-se de Erotildes.

Impressionado com o que acabara de ouvir da nova amiga, não perdeu o ensejo:

— Cecília você fala como se conhecesse a fundo, o meu principal problema. Estou certo?

— Sim, Márcio! Eu posso falar, intuitivamente, da causa dos seus dissabores. Mas não posso falar sobre como você pensa.

— E, ainda assim, você me dá atenção... Ofereceu-me gentilmente o seu braço como apoio, e agora o ombro para eu externar a minha dor moral. Você não sente vergonha de estar acompanhada por mim?

— Tanto quanto eu, você é filho de Deus. E pelo que entendo de dor, desventura e sofrimento em geral, são resultados das nossas próprias ações. Mas, mudando o pensamento, muda-se a maneira de viver.

Cecília fez uma pequena pausa, dando ensejo à desejada compreensão, e voltou a falar:

— Márcio, se você não consegue amar alguém do sexo feminino, em termos conjugais, e também não deseja, como já percebi, se relacionar com alguém do mesmo sexo, ame a todos! Mesmo aqueles que, por ventura, tenham lhe dispensado um tratamento humilhante. O ato de amar não é como um toque mágico. Contudo, persistindo, logo modificará a vida e, em vez de amargura e tristeza, ela passará a ser como a suavidade da brisa. Quando amamos verdadeiramente, assemelhamo-nos à flor que, silenciosamente, exala seu doce perfume balsamizando o ar, não só em volta de si, mas onde quer que esse mesmo ar, em forma de correntes, o conduza. Para isso, porém, é preciso perdoar. Primeiramente a si mesmo, aos seus pais e, depois, a todos. Não apenas agora. Mas sempre! Como disse Jesus, setenta vezes sete, ou infinitamente.

Márcio bebeu palavra por palavra do que Cecília dizia. Reconfortado, levantou, se posicionou em frente a ela e falou, tentando vencer a timidez:

— Cecília, eu desejo que você seja uma irmã querida do meu coração! Jamais a esquecerei. Posso lhe dar um beijo, puramente fraterno?

Ela posicionou o rosto, dizendo:

— Tantos quantos o amor impulsionar.

Ele beijou a face da amiga, falando:

— Você foi um anjo, ao salvar a minha vida. Estou refeito e disposto a lutar pelo meu ideal. Com ou sem bolsa de estudos, nem que seja já com os cabelos embranquecidos, eu concretizarei o meu sonho. Entretanto, para isso, preciso colocar na minha vida Jesus, o Divino Mestre... Do jeito que me for possível.

Fez uma pequena pausa e concluiu, abraçando a amiga:

— É possível que esse abraço seja uma despedida.

— Mesmo que seja, estou certa de que nos veremos ainda, porque a minha amizade para com você não foi à primeira vista, como dizem em referência ao amor, mas possivelmente de outras existências.

Enquanto caminhava de volta ao seu abrigo, Márcio se lembrava dos pais... Da irmã...

— Sim, é preciso perdoá-los - afirmou para si mesmo.

Pensou, já com o sentido na agência dos Correios, na expectativa de receber uma resposta à carta que enviara. Lá chegou com muita ansiedade, entretanto não encontrou o que foi procurar.

Durante todo esse tempo, ele nada dissera à boa amiga Erotildes. Sabia que, por um lado, ela se alegraria. Mas, por outro, sentiria muito. Por isso, toda vez que pensava em falar, acabava adiando.

Os dias foram passando e ele, mesmo contra a vontade, teve que aceitar o alimento pago pela velha amiga Erotildes. "Como ser sustentado por aquela mulher que, para sobreviver, limpava o chão, trabalho cansativo para uma pessoa que já contava mais de cinquenta anos de idade?", perguntava-se.

Já haviam se passado quarenta dias do seu encontro com Cecília. Inconformado, Márcio resolveu ir ao mesmo local onde recebera o 'não' do professor. O prédio era um anexo de um colégio. Lá chegando, procurou a mesma atendente, chamada Luzia, que ao reconhecê-lo, falou gentil:

— Enfim, está chegando o momento da sua partida.

— Agradeço pela sua satisfação, mas eu não vou. Fui reprovado na entrevista.

— A sua aprovação dependia tão somente do teste, e você conseguiu. Não há como voltar atrás, a não ser com uma desistência sua - garantiu Luzia, que, atraída pela beleza do rosto de Márcio, resolveu ajudá-lo:

— Eu tenho uma solução. Sei onde se encontra o documento que comprova a sua aprovação. Se ainda estiver no mesmo local, eu o colocarei em suas mãos. Você deve pegar a passagem do navio em breve. Vou tentar entregar o documento a você. Volte amanhã, e espere-me ao meio-dia em ponto, na praça.

— Mas isso pode prejudicar o seu emprego!

— Não, em absoluto! Tenho um tio político... muito influente. Ninguém mexe comigo. Nem ele, o professor, que é diretor da instituição.

No outro dia, Márcio recebeu de Luzia o que ela havia prometido, com exceção da passagem.

— Não consegui a passagem - justificou -, porque foi entregue ao diretor. Mas, ainda assim, não perca esta oportunidade. Dê um jeito de comprá-la, porque vale a pena!

— Não a esquecerei - disse ele, sinceramente grato.

— É bom, porque eu o adorei. Ah! Leva o meu endereço. Faço questão de que me escreva.

— Gostaria de agradecê-la com um beijo fraternal.

Ela ofereceu a face e ele beijou-a, falando:

— Até um dia, que só Deus sabe quando.

Em seguida, dobrou cuidadosamente o importante documento, pôs no bolso, mas logo veio o pensamento:

— Como sair do país, sem passagem e outras documentações necessárias para a minha permanência em Portugal?

Pensou, pensou e ficou conjeturando:

— Irei ainda que clandestinamente. Que eu seja até preso, ainda assim, tenho convicção de que realizarei o sonho da minha vida.

Toda essa coragem e desempenho eram inspirados nas palavras de Erotildes sobre a sua vida e, mais recentemente, no que ouvira de Cecília, sobre a possibilidade de amar a todos por igual, o que acabou gerando nele bastante entusiasmo.

* * *

Àquela altura, Márcio já havia minimizado a importância que vinha dando aos olhares suspeitos que lhe dirigiam, principalmente na estação ferroviária, quando ia à procura da amiga Erotildes.

— Hoje eu vim trazer uma ótima notícia - disse alegremente, ao se aproximar dela.

— Arranjou um emprego? - disse Erotildes, exibindo o mesmo sorriso alegre.

— Não, mãe!

— Você disse mãe?! Eu, às vezes, o chamo meu filho, mas é só de coração! Sua mãe eu nunca poderia ser, porque já disse: sou negra, gorda e feia. Às vezes eu me acho parecida com uma macaca barriguda!

Márcio gargalhou com a mesma alegria que tinha, antes de saberem da sua verdade.

— Se a senhora fosse uma macaca, eu queria ser o seu filhote macaquinho - continuaram rindo alegremente.

Mas ela, não aguentando mais a curiosidade, pediu:

— Agora me conte essa novidade!

— Vou embora daqui a três dias, viajar mar afora.

— Para onde, meu filho?

Ele falou sobre o teste e a bolsa de estudos que havia conseguido, porém não contou sobre as dificuldades que teria de vencer... Se conseguisse realmente vencê-las. A boa mulher começou a chorar. Ele, então, disse com muita ternura:

— Não chore! Eu nunca vou esquecê-la! Mandarei notícias e sentirei muita saudade da senhora, que tem sido para mim uma verdadeira mãe.

— Meu menino - disse ela -, vejo-o muito mudado... Para melhor! Nem parece aquele que aqui chegou. No entanto, quero lhe dizer umas palavras: para preservar o bem que sentimos no íntimo, não devemos nos entregar totalmente à euforia, porque ela passa. A mudança de pensamento para melhor é que dá continuidade ao bom estado interior. Não é o lugar que nos faz mudar, mas sim a nossa força de vontade, o otimismo e a persistência. Fora disso, nem a morte muda a maneira de ser das pessoas. Elas continuam tais como eram antes de passarem para o outro lado.

"Digo isso, não para desanimá-lo, mas para que você não se

esqueça do que já falei algumas vezes. Lá, como aqui, alguém pode falar mal de você. Se isso acontecer, lembre-se de Jesus: 'Quem não tem pecado, atire a primeira pedra.' E, quando você conseguir ser um doutor, como deseja, não se esqueça dos pequeninos e dos que estejam passando pelo que você mesmo vem experimentando. Ame a todos por igual, e não pense apenas em ganhar dinheiro, porque este é de grande utilidade para a vida, enquanto estamos no corpo físico. Quando saímos dele, não o levamos. Levamos, sim, o resultado das boas ações, principalmente em relação aos outros, com quem precisamos conviver para aprendermos a ser mais fraternos e bondosos."

Ela ainda mantinha a vassoura presa entre os dedos, como se encontrava, desde que Márcio chegara. Mas a sua fisionomia, era tão serena que deu a impressão, que os seus traços fisionômicos haviam mudado repentinamente, ostentando uma beleza que Márcio não havia identificado desde que a conhecera.

Ela terminou de falar, depois abriu os olhos e disse a sorrir:

— Ora, ora! Mas veja se aqui é lugar para isso!

Márcio, impressionado, lembrou-se de quando Cecília, durante a viagem, falou sobre os espíritos, e começou a pensar:

— Será isso?

— Sei que você está pensativo, tentando descobrir o que aconteceu. Não é, meu menino?

— A senhora não parecia a mesma pessoa. Foi algo muito bonito!

— Eu não queria falar sobre isso. Não que eu pretenda esconder. Mas, em respeito à religiosidade dos outros e, em particular, à sua. Sequer perguntei sobre a sua formação religiosa!

— Minha mãe sempre me levava a uma igreja batista. Essa é a minha formação religiosa. Mas eu ouvi falar alguma coisa sobre os espíritos, e me ocorrem de quando em vez sonhos com pessoas que já morreram. Esse assunto me fascina.

— Há muita verdade que as pessoas precisam saber.

— Então os espíritos se comunicam, como percebi agora, através da senhora?

— Sim, meu menino! Foi merecimento seu.

— Queria muito saber sobre esse assunto.

— Você vai saber isso e muitas outras coisas, inclusive as que lhe atormentam, a ponto de ficar sempre a perguntar: "por que, por quê?"

— Como a senhora sabe disso?

— Não há nada escondido. Mas, quando você descobrir toda a verdade, certamente começará a melhor parte da sua existência.

Três dias depois, Márcio e Erotildes se despediam, misturando as lágrimas da emoção. Nem ele e nem ela, até ali, tinham conhecimento de um detalhe interessante: a amizade que os unia não fora cultivada apenas naqueles dias. Vinha de uma existência anterior.

4

Fuga da realidade

O verdadeiro herói é aquele que enfrenta e vence, corajosamente, as suas próprias imperfeições.

Dizzi Akibah

Com a perspectiva de mudança, ou simplesmente para adquirir mais confiança de Mariângela, Anselmo vinha se esforçando para evitar o uso da bebida alcoólica, o que animava a esposa e deixava a filha mais achegada a ele, uma vez que, desde que ele começara a fazer uso da bebida, Cíntia se tornara arredia com o pai.

Uma nova esperança era alimentada, no sentido de deixar para trás as lembranças do dia em que tomaram conhecimento da verdade sobre Márcio. Mariângela concordava com o esposo, pois já não sabia mais como explicar às pessoas que a procuravam para saber do filho. O maior embaraço era quando lhe perguntavam para qual cidade ele tinha ido, porque não tinha a devida coragem de dizer a verdade, e também não desejava mentir.

Ela acreditava que, longe dali, não passaria mais por esses vexames. Assim é que, numa quinta-feira ensolarada, ostentando o contraste do azul celeste com o branco das nuvens, Anselmo, que havia saído desde cedo, acabava de chegar comentando:

— Que dia lindo! Além da natureza, que parece estar em festa, recebi resposta a uma carta que enviei há dias para o meu amigo Hosvaldo, que está residindo em Belém. Ele me informa que, logo ao chegar à cidade, encontrou sem muita dificuldade uma atividade e que, se eu quiser, ele pode procurar uma casa para eu comprar.

— Anselmo, eu estou disposta e com muita vontade de sair daqui. Contudo, não havia pensado em residir numa cidade grande. Tenho receio de que, algo não dando certo, não tenha com quem contar! Numa cidade pequena, como aqui, todos se conhecem e existe apoio mútuo!

O receio de Mariângela era justamente a dúvida sobre Anselmo manter o seu propósito, como se encontrava durante aqueles dias, sem ingerir bebida alcoólica.

— Você deve estar receosa do desconhecido! Às vezes fico sem jeito quando alguém fala da capital do estado e me pergunta se conheço. Na verdade, acho mesmo vergonhoso, porque nós nascemos, moramos no Pará e não conhecemos Belém! Além disso, Cíntia logo vai precisar de um colégio mais avançado, já que gosta tanto de estudar!

— Nesse caso... Que seja!

Anselmo vibrou de alegria. Levantou-se da cadeira onde estava sentado e falou a toda voz:

— Então, cuidemos de colocar esta casa à venda, porque, na verdade, tudo lá já se encontra encaminhado. Não quis dizer antes, com receio de você não aceitar. Vamos não apenas conhecer, mas morar em Belém!

Depois dessa conversa, Mariângela foi à procura de Salusiano. Havia sonhado, na noite anterior, com ele e, de certa forma, o conteúdo do sonho deixou-a impressionada: viu-o bem em sua frente, contudo sem as deformações de antes no corpo físico. Não identificou nele qualquer sinal de deficiência. Reconhecia-o pelos traços fisionômicos, que eram os mesmos, e a voz, quando, rindo para ela, aconselhou-a:

— Não se perturbe com o destino de Márcio. O ajuste teria que acontecer, para liberá-lo dos sérios compromissos adquiridos numa existência anterior a esta. Ele mesmo, sem consciência do que faz, começa a percorrer os caminhos por onde passou e provocou, impiedosamente, o sofrimento moral de muitas pessoas. Sossegue o seu coração, porque ninguém foge das leis do Divino Senhor. Ore por ele, porque os seus sentimentos maternais serão as asas que farão chegar a ele, como um bálsamo reconfortante, os efeitos da sua prece.

Mariângela chegou ao local onde habitualmente o bom velhinho permanecia durante o dia, mas não o viu. Onde ele costumava permanecer durante o dia, estava uma mulher. Estendeu a mão para ela, onde Mariângela colocou uma moeda. Em seguida, perguntou:

— Você sabe daquele senhor que ficava aí mesmo, sentado?

— Ah! Salusiano? Morreu!

— Onde quer que esteja, Deus o abençoe pela sua bondade e sabedoria - disse Mariângela, com bastante pesar.

Dias depois, eles se despediam dos amigos, e a última foi à vizinha Gisélia, a única pessoa que ficou sabendo das particularidades de Márcio, mas que, por respeito e consideração, não tocara uma só vez sequer no assunto, mesmo nas longas conversas que tinha com Mariângela.

— Minha querida amiga Gisélia - falou com o rosto banhado em lágrimas -, vim me despedir de você. Não sei quando, ou se ainda nos veremos, por causa da distância que doravante vai nos separar. Mas saiba que a levo em meu coração. Você é a única pessoa que me deu fortes motivos de confiar irrestritamente. Por isso, peço que, pelo amor de Deus, se chegar, seja quando for, alguma carta de Márcio, me envie! Logo que me estabelecer na minha nova morada, mandarei o endereço para você.

Dias depois que eles viajaram, a casa foi ocupada pelos novos moradores, uma família dali mesmo. Gisélia não se esqueceu do que havia prometido a Mariângela, e cuidou imediatamente de pedir aos novos vizinhos que entregassem a ela as correspondências dos ex-proprietários, logo que os Correios as entregasse.

Em alguns dias, chegou a primeira correspondência. Niceia, uma adolescente de dezesseis anos, ao recebê-la da mão do carteiro e verificar quem era o remetente, cuidadosa com as suas intenções, escondeu-a. A mãe quis saber, mas ela dissimulou:

— Foi engano do carteiro.

Mas, tão logo teve oportunidade, escondeu-se num recanto do quintal da casa, abriu o envelope, leu sem muito interesse a primeira página e, visivelmente contrariada, transformou as folhas de papel em pedacinhos. Atirou-os para o outro lado do muro, sussurrando:

— É assim que você me paga?!

Ela guardava muita mágoa de Márcio, desde quando, certa vez, segredou a sua intenção de namorá-lo, mas, não sendo correspondida, alimentou profundo ressentimento. Enquanto ela adotava esse comportamento com conotação de ódio e vingança, Mariângela prosseguiria vivendo a dúvida em relação ao filho, chegando a imaginar que ele havia morrido. Certamente, se isso tivesse ocorrido, ele deveria ter ido para o inferno por causa do seu problema íntimo, segundo a sua crença. E isso aumentava ainda mais o seu sofrimento.

O contato que tivera com Salusiano, em sonho, como vimos, deixava-a ainda mais confusa. Ela ainda não compreendia que Deus não condenaria um ser da Sua criação ao sofrimento eterno. Também é possível que Mariângela não houvesse observado o sentido da mensagem de Jesus, quando afirmou que "nenhuma ovelha ficaria fora do rebanho". Mas o seu pensamento, nesse sentido, tinha fundamento no segmento religioso adotado.

* * *

Márcio decidiu ir ao porto, na esperança de encontrar um meio de tentar seguir em frente. O navio, que seria o seu transporte, se ele tivesse conseguido a passagem, era de tamanho médio, com capacidade para transportar confortavelmente quatrocentos passageiros. Encontrava-se ancorado há oito dias, espaço de tempo suficiente para aguardar os passageiros, oriundos de outros estados, que haviam reservado passagens. Durante esse período, ficou aberto à visitação pública, já que se tratava de uma embarcação que vinha ao Brasil pela primeira vez.

Tomando conhecimento disso, Márcio procurou informações com um marinheiro, e acabou sabendo que a visitação pública terminaria dali uma hora, porque o navio ia zarpar às quatro da tarde daquele mesmo dia. Eram exatamente dez horas da manhã.

— Meu Deus, o que faço, se não tenho dinheiro para a passagem? Bem, de qualquer forma, vou entrar aí e conhecê-lo, já que nunca entrei num navio - pensou, já subindo uma rampa.

Percorreu toda a embarcação e, quando ia se dirigindo à saída, veio repentinamente uma ideia: observando todos os recantos da embarcação, viu a porta de um compartimento aberta. Era o dormitório dos marinheiros. Como não havia ninguém ali naquele momento, ele se escondeu debaixo de uma cama, e lá permaneceu até perceber que o navio já deslizava pelas águas do oceano Atlântico, rumo a Portugal.

Saiu devagarinho e juntou-se, inicialmente, aos demais passageiros.

Mesmo na ânsia de buscar o que tanto almejava para a sua

vida, Márcio sabia que não estava agindo certo. E, apesar de ter criado em sua mente juvenil a ideia de que tudo acabaria bem, não tardou a encontrar a primeira dificuldade: alta madrugada, os passageiros se acomodaram. O movimento ficara restrito aos marinheiros e ao pessoal de apoio. Márcio recostou-se num canto da embarcação, mas, não conseguia dormir, apenas cochilava de quando em vez, por causa da acomodação e do frio causado pela aragem do mar.

Foi durante um desses cochilos que o jovem paraense assustou-se, ao sentir um toque no ombro:

— Percebo, desde a noite anterior, que se encontra desolado - falou o imediato do navio.[2]

— Sim, mas isso não me incomoda! Estou muito bem... É porque simpatizei com este cantinho aqui. Tem muito vento e eu gosto disso. Nem se preocupe, porque eu estou aqui pela minha livre vontade - dissimulou.

— Mas aqui não deve permanecer, pois não oferece segurança e é muito desconfortável. Pode me dizer o seu nome?

Márcio percebeu que teria que enfrentar o seu primeiro problema, que era ser descoberto.

O imediato anotou o nome, retirou-se e, minutos depois, já estava de volta.

— Seu nome não consta na relação dos passageiros. Quer me dizer a verdade, ou deseja que ela seja descoberta por outros métodos?

— Se você jurar, em nome da sua respeitável mãe, que não me jogará no mar, eu direi a verdade e assumirei as consequências.

— Não há necessidade de usar o nome da minha mãe, em qualquer tipo de juramento, pois, além da minha formação moral

2 Componente da tripulação de um navio, que substitui o comandante em caso de necessidade.

não comportar indícios de qualquer tendência para o crime, peço respeito, porque a minha mãe já morreu.

— Me desculpe! Mas, para falar a verdade, eu não tenho passagem.

— Perdeste-a, por acaso?

— Eu poderia dizer que sim, para me defender. Mas... a pessoa que mente perde a sua dignidade.

— Venha comigo!

Márcio, sem qualquer resistência, acompanhou-o temeroso, por não saber para onde estava indo. Mas logo se encontravam na frente do comandante do navio, um senhor de cabelos grisalhos, corpulento. Embora de fisionomia aparentemente fechada, era bastante calmo e comedido. Logo que ouviu o relato do imediato, fixou no paraense o olhar e disse enfático:

— Saiba que a sua situação nesta embarcação é a de prisioneiro.

— Senhor comandante, reconheço que estou errado, porém não há em mim qualquer intenção de prejudicar quem quer que seja!

— Reafirmo que a sua condição aqui é de prisioneiro! E, logo que chegarmos, será entregue à embaixada do seu país.

— O que o senhor determinar. Mas peço, por favor, que leia esse documento!

Era o comprovante da sua aprovação para a bolsa de estudos. Depois de dar uma olhada, o comandante mudou, de repente, a fisionomia, e falou com mais brandura:

— Isso muda um pouco a sua situação, mas terá que contribuir, de alguma forma, para as suas despesas de alimentação durante a viagem.

— Infelizmente, eu não tenho dinheiro!

— Mas tem as mãos! Para que servem elas?

No dia seguinte, um marinheiro procurou-o logo cedo:

— Venha comigo!

Depois de percorrerem um pequeno corredor, o marujo apontou:

— Vê ali aquela porta? É o depósito de material de limpeza. Vai lá, pegue o que precisar e mãos ao trabalho, porque os sanitários estão precisando de uma boa faxina!

Embora não tenha gostado da tarefa, Márcio acabou compreendendo que, com isso, a sua consciência ficaria mais em paz, porque estaria pagando com o trabalho a sua estadia na embarcação.

* * *

Dois dias depois que Márcio deixara Belém, a sua família lá chegava, com a esperança de uma vida melhor. Hosvaldo, ex-colega e amigo de Anselmo, duas horas antes da chegada do trem, já se encontrava na estação, para receber e encaminhar o amigo Anselmo e a família para a sua casa, onde permaneceriam até concluir o negócio da compra da casa.

Mariângela conhecia Nair, a esposa de Hosvaldo, mas não havia cultivado com ela qualquer tipo de amizade. As amigas de Mariângela estavam entre aquelas que mantinham a mesma religião e frequentavam o mesmo templo, e Nair, na época, era católica. Todavia, aceitou a sua hospitalidade, esperançosa na recuperação de Anselmo, conforme ele mesmo prometeu-lhe.

Na casa, que era espaçosa, foi reservado um quarto para o casal e Cíntia, que nessa época contava onze anos de idade. Horas depois de chegarem, já se divertia alegremente com os filhos dos donos da casa. Suzi, que tinha a mesma idade de Cíntia, se afeiçoou a ela imediatamente, e pediu para as duas ficarem no mesmo quarto.

Depois do jantar, sentaram-se todos numa varanda, onde a brisa suave perpassava, causando um agradável bem-estar. As conversas, inicialmente, giravam em torno da curiosidade dos novos moradores sobre a cidade, cuja impressão inicial, ao descerem do trem, foi de espanto, por causa do movimento que nunca tinham visto antes. De repente, Hosvaldo perguntou, visivelmente interessado:

— Está faltando alguém... É o Márcio! Ele não veio?!

Anselmo e Mariângela entreolharam-se com ar de constrangimento, sem saber o que realmente dizer. Mas Mariângela tratou de amenizar a situação. Ensaiou um sorriso sem graça, percebido por todos, e repetiu mais uma vez:

— Márcio não se encontra conosco há meses. Ele foi embora, na esperança de continuar estudando, porque pensa em ser médico.

— Oh, mas que bom! - exclamou Hosvaldo, demonstrando entusiasmo, e prosseguiu dando a sua impressão: - Um doutor na família, não é para qualquer um!

A conversa ficaria apenas nisso, entretanto, a curiosidade de Nair acabou deixando o casal em verdadeiro embaraço. Ou contavam toda a verdade, o que não desejariam de forma alguma, ou teriam que mentir. Venceu a segunda opção, e foi Anselmo o autor do recurso encontrado para o momento:

— Nós sugerimos que ele viesse aqui para Belém, porque além de ter bons colégios, ficaria mais perto de nós. Mas ele preferiu ir para Manaus, porque alguém teria dito a ele que emprego lá seria fácil. Já é um homem, e acho que não devemos nos preocupar demasiadamente com ele - encenou, de tal forma que causou admiração até a Mariângela.

Pensavam que isso duraria. Mas a verdade, pura e simples, teria que um dia ser estampada. Essa mesma verdade que a tantos provoca temor e, por isso mesmo, é temporariamente ocultada, baterá um dia à porta. "Eu estou aqui! Dessa vez tenho que ser aceita, porque agora, não há outra opção."

Como ainda era cedo, Hosvaldo convidou os visitantes para caminhar um pouco e começar a conhecer a cidade. Anselmo aceitou o convite, mas Mariângela se desculpou, alegando estar muito cansada da viagem. Assim, as duas mulheres ficaram com as crianças. Depois de alguns minutos de silêncio, Nair, que era muito comunicativa, puxou conversa:

— Você continua indo à sua igreja?

— Sempre! Não imagino aqui como será, porque a cidade é muito grande e tudo é longe. Não é isso?

— É verdade. Mas logo, logo acostuma, e as coisas, aos poucos, vão se ajustando. Se precisar de minha ajuda, eu posso ver onde tem uma igreja batista para você frequentar.

— Eu ficaria muito agradecida. E você, sempre foi católica?

— Fui católica!

— Mudou por quê?

— Morar em cidade grande é bom também por isso. Agora eu estou encontrando respostas para muitas coisas ligadas à vida, que antes eram só dúvidas. Até mesmo a compreensão dos ensinamentos de Jesus, com mais clareza e entendimento! Minha vida tem mudado muito, para melhor. Hoje, Hosvaldo, que antes gostava de beber e fumar charutos, abandonou os vícios pela própria vontade. O nosso dia a dia se tornou mais alegre, pois, mesmo quando nos deparamos com situações desagradáveis, colocamos acima de tudo a verdade, a fé e a confiança em Deus. E essa nossa atitude nos ajuda a compreender que, se a dificuldade veio para nós, alguma coisa fizemos e que provocou isso. Assim, conscientizados, enfrentamos o problema acreditando que nunca estamos sozinhos. Somos imbuídos de coragem e, de uma forma ou de outra, acabamos vencendo.

Enquanto Nair falava, Mariângela pensava boquiaberta:

— O que será isso? Deve ser algo muito bom!

Nair fez uma pausa, e ela não perdeu a oportunidade:

— Estou muito curiosa! É uma religião?

— Seguidores de outras religiões afirmam que não. Contudo, além de ser religião, é também filosofia e ciência.

— Uma novidade?

— Digamos que sim, porque qualquer coisa pode ser assim considerada, desde quando alguém que nunca antes ouviu falar passe a conhecê-la. Mas, já que você se demonstra interessada, ou simplesmente curiosa, eu vou dizer: nós agora somos espíritas.

Mariângela empalideceu. Não chegou a se sentir mal, mas não conseguiu esconder a sua decepção e o desconforto de se encontrar hospedada em casa de espíritas. Para a sua formação religiosa, principalmente naquela época, primeira metade do século XX, o espiritismo era uma ação demoníaca.

— Acho que você ficou um pouco desapontada, não foi, Mariângela? Mas eu também, quando católica. Certa vez alguém me falou sobre esse assunto e eu tive vontade de pô-lo fora da minha casa. Mas agora aprendi que não devemos ter preconceito com o que ainda não conhecemos. Quem assim age é porque ainda não conhece e acaba acreditando nessas afirmações, que nada mais são do que intrigas, não das religiões em si, porque todas elas têm a sua utilidade no desenvolvimento espiritual, mas sim de alguns religiosos. O problema, Mariângela, é que todo mundo quer ser dono da verdade. Mas a verdade é de essência divina, porque vem do Criador. Bem, de qualquer forma, eu peço que me desculpe por ter falado sobre esse assunto. Desejo, sinceramente, que você se sinta bem em minha casa, pois acho que essa é uma grande oportunidade de cultivarmos uma boa amizade, já que Hosvaldo e seu Anselmo há muito já fizeram isso. Penso que os nossos segmentos religiosos não atrapalham. Por isso, peço que me deixe ser sua amiga.

Mariângela sorriu e procurou, com certo esforço, modificar o seu estado íntimo. Afinal, estava ali por necessidade momentânea e, mesmo sem ter cultivado anteriormente amizade com ela, por diferença religiosa, a dona da casa tratava-a com bastante atenção e solicitude.

Logo depois que Hosvaldo e Anselmo retornaram, todos se recolheram. Mas, Mariângela estava inquieta. Duas situações tiravam-lhe o sono. O receio de estar ali, por causa do espiritismo, e o filho Márcio. Orou, pedindo a Deus que protegesse a sua família do demônio, se realmente esse fosse o mentor da doutrina espírita, como era informada. Mas ao pedir a Deus proteção para a sua família, a fez pensando apenas nela mesma, Anselmo e Cíntia. Todavia, logo que concluiu a oração, lhe veio à mente, com muita nitidez, a imagem de Márcio. Ela, então, estremeceu! Com o coração agitado, sentiu, em seguida, um profundo remorso, dando-lhe a certeza de que a sua atitude perante o filho fora de decepção e desgosto e que, apesar dos reclames constantes da consciência, ela não deixou de concordar com Anselmo, quando afirmou que a ausência de Márcio teria sido a melhor solução.

Anselmo já dormia tranquilamente e ela, então, sem precisar esconder dele as lágrimas do arrependimento tardio, como vinha ocorrendo, deixou-as fluírem em abundância.

Assim, mesmo chorosa, com a sensibilidade bastante aguçada, sentou-se na cama e orou fervorosamente, pedindo a Jesus que amparasse o seu filho. Confessou na sua oração, que se encontrava arrependida, e que gostaria, pelo menos, de saber por onde ele andava, como estava vivendo... E então, como a prece é o fio de religação com a Divindade, sentiu serenidade e, logo que adormeceu, viu-se num lugar que não conhecia. Ficou ali parada, sem saber o que fazer. Depois de alguns minutos, percebeu que alguém se aproximava dela. Era uma mulher de cor negra, robusta e agradável. Aproximou-se e cumprimentou-a com um sorriso, exibindo os dentes brancos como a neve, o que a tornou ainda mais agradável.

— Alguém que tem muita afeição por você - ela se referia a Salusiano - pediu-me para vir a esse encontro, o que faço com grande alegria no coração, por se tratar da mãe de uma das mais belas pessoas que até agora conheci, nessa atual existência. A sua amizade comigo é como um prêmio de Deus em minha vida.

Parou de falar, aguardando propositadamente, para avaliar o

interesse de Mariângela em saber ou não de quem se tratava. Mas logo isso aconteceu:

— Você se refere a alguém ligado a mim?!

— Sim!

— Meu filho?

— Já disse que sim - respondeu, coincidentemente com as mesmas palavras de Márcio, quando confirmou o seu problema íntimo.

— Conhece o meu filho?

Erotildes, semidesligada do corpo físico, mas com bastante consciência do que ocorria naquele momento, fez uma pequena pausa, como se buscasse remotas lembranças do passado, e respondeu convicta:

— Mais do que se pode imaginar.

— Sabe onde ele se encontra agora? - perguntou ansiosa.

— Agora ele está no mar.

— Márcio está morto?!

— Não! É apenas uma travessia. Logo ele chegará ao seu destino. E nem vai morrer por agora, porque tem uma nobre missão a ser cumprida, baseada nas lições luminosas de Jesus, o Divino Mestre. Sossegue seu coração, ore por ele e um dia, talvez, se for a vontade de Deus, nos reencontraremos no corpo físico.

Falou e sumiu de repente. Mariângela, por sua vez, sem compreender o que realmente lhe ocorria, despertou no corpo físico. Anselmo, indiferente nos últimos dias, não queria ouvir falar o nome do filho. Mesmo sabendo disso, Mariângela tocou o rosto dele, chamando-o baixinho:

— Anselmo, acorda! Acorda, Anselmo!

Ele abriu preguiçosamente os olhos e perguntou:

— O que foi, Mariângela?

— Tive um sonho muito bonito. Uma mulher negra me apareceu...

Preconceituoso, fez a seguinte pergunta:

— Por que não uma branca?

— Como pode falar assim? Menosprezar as pessoas, por causa de sua cor é um grande pecado! Escuta o que eu quero dizer.

E, impressionada, voltou a narrar o sonho.

— Aí ela me disse muitas coisas, mas só me lembro agora do que falou sobre Márcio.

— Oh, Mariângela! De que adianta a gente estar aqui tentando refazer a vida? Vem você de novo, tirar o meu sono?!

Apesar da contrariedade de Anselmo, ela insistiu:

— Tenha paciência! Ouça-me, pelo menos por educação! Bem, então ela disse...

Narrou tudo que pôde se lembrar do sonho. E, porque o esposo ficou calado e pensativo, ela perguntou:

— Você acredita?

— Nunca acreditei em sonhos. Mas, esse seu parece impressionante. Dizer que ele seguiu o seu destino... O destino, segundo a sua vontade, era ser médico. Mas... missão nobre baseada nas lições luminosas de Jesus?! Não acha isso exagerado para uma pessoa que nasceu com um defeito tão ruim como é o dele?

— Melhor é não julgarmos. O importante é que esse sonho, para mim, foi muito oportuno. Saber que ele está vivo ameniza a minha consciência. Agora tenho certeza e esperança de revê-lo, apesar de ele ter saído magoado conosco, porque não conseguimos esconder a nossa insatisfação e também a decepção.

— Está bem. Eu também fiquei impressionado com o seu sonho, como já disse. Porém, não devemos levar isso a sério, como se fosse verdade. Agora, vamos dormir. Amanhã, vou tratar da compra da casa, para mais tranquilo abrir um pequeno comércio, ou arranjar um emprego, antes que o dinheiro acabe e a gente fique sem nada.

— Acho muito bom. Que seja o mais rápido possível.

— Por que essa pressa toda?

— Depois eu conto.

5

Enfrentando o desconhecido

É do medo que nasce a coragem para a fuga!

Dizzi Akibah

Enfim, o navio ancorou no porto de Lisboa. Os passageiros, um a um, foram deixando a embarcação. Márcio pensou em se misturar com os passageiros, já que havia ensejo para isso, mas, disciplinado e correto, revestiu-se de coragem e foi procurar o comandante.

— Aqui estou, aguardando as suas determinações.

— Você será conduzido agora, conforme já avisei, à embaixada do seu país.

Logo que chegou à embaixada, na condição de fugitivo do Brasil, Márcio foi colocado num compartimento fechado, para aguardar as determinações que viriam do embaixador. A roupa era a mesma, desde que saíra de Belém. Em contato com a sujeira dos sanitários do navio, enquanto fazia a limpeza, exalava um odor bastante desagradável. Mais tarde, porém, alguém abriu a porta e entrou falando:

— Nada faltará a você aqui. Precisa tomar um banho, para poder ocupar a cama, cujos cobertores estão limpos e bem arrumados.

— Eu gostaria muito. Mas acho que nada adiantaria. Não tenho outra roupa e esta está imunda!

O empregado da embaixada, pensou, pensou, e depois falou, já saindo:

— Eu vou arranjar uma das minhas!

Algumas horas depois, ele retornou trazendo o que havia prometido.

— Acho que depois do interrogatório a que será submetido, certamente o mandarão de volta para o Brasil. Por que planejou essa fuga? Pelo seu jeito, parece-me uma pessoa de boa procedência.

O jovem paraense passou a narrar para Manuel tudo o que lhe havia ocorrido, desde a sua aprovação para a bolsa de estudos até aquele momento, o que o deixou sensibilizado.

— Se eu tivesse possibilidade, ajudaria você. Mas aqui sou apenas um empregado.

— Você já está me dando uma grande ajuda! Nas minhas orações, pedirei a Deus que lhe dê sempre paz e prosperidade - respondeu o jovem paraense, sinceramente agradecido.

Depois do banho e da refeição que lhe foi servida, Márcio deitou-se. Havia bastante tempo que não dormia numa cama macia e, apesar de estar ali detido, sentiu-se bem e esperançoso. Antes de dormir, sentou-se na cama e, com as mãos postas, orou sentidamente. Durante a oração, lembrou-se primeiro de Erotildes, de todos que até ali o haviam ajudado, e por último dos pais. Encerrou a prece afirmando, com muita sinceridade:

— Eu, senhor Jesus, jamais desprezaria o seu ensinamento luminoso sobre o perdão. Por isso, posso afirmar agora que não mais me encontro magoado com os meus pais. Ao me colocar no lugar deles, descobri que também eu, provavelmente, faria o mesmo que eles fizeram. Além do mais, amo-os de todo o meu coração.

Terminou a prece, já vencido pelo sono.

Oito dias depois, numa sexta-feira pela manhã, Márcio foi avisado de que, na semana seguinte, embarcaria em um navio de volta ao Brasil. Sua reação foi de tristeza profunda. Apesar disso, nenhuma lágrima apontou em seus olhos. Pareciam ressequidos. Afinal, já havia chorado muito! Mas, apesar disso e de toda coragem que fora investido no navio, ele silenciou.

No dia seguinte, Manuel, que havia se tornado seu amigo, foi vê-lo e percebeu que a comida, servida desde o dia anterior, ainda se encontrava sem ser tocada por ele.

— O que é isso, brasileiro? Coragem! Esmorecer a essa altura é o pior que pode acontecer. Você acredita em Deus?

— Sim, de todo o coração.

— Então tenha fé! Talvez o embaixador não tenha sido bem informado da sua real situação. Que é dos seus documentos?

Ao entregar os documentos a Manuel, Márcio falou confiante:

— Isso aí é tudo que possuo. Mas deixo contigo, pois sei que as mãos por onde flui bondade jamais prejudicarão alguém.

— Fique certo disso - respondeu Manuel, saindo apressado.

Dali, ele se dirigiu ao gabinete do embaixador, e pediu para falar com ele.

— Falar com o embaixador? O quê?! - desdenhou a recepcionista.

— É um assunto de extrema valia.

— Senhor embaixador - falou Manuel, respeitoso. - O assunto que trago é em referência ao brasileiro que deverá ser recambiado para o seu país. Há dias que não se alimenta, entregue a uma tristeza de dar dó!

— Lamento, mas tenho que cumprir a lei!

— O senhor chegou a ver esses documentos? - estendeu a mão, entregando-o.

— Isso aqui pode mudar o quadro. Deixe-o comigo! - respondeu, após examiná-los atentamente.

No dia seguinte, Márcio foi levado à sua presença. Depois de responder a uma série de perguntas, o embaixador mandou que o levassem novamente para o mesmo compartimento.

Mais oito dias se passaram. Enfim, Márcio foi informado que a embaixada havia conseguido a sua permanência em Portugal, durante o tempo equivalente ao curso oferecido pela bolsa.

Exultante, foi se apresentar na Universidade de Lisboa. Mas, apesar da sua inteligência, o estudo que havia feito em Bragança não era suficiente para ingressar no curso de medicina. Precisava, ainda, de um preparo para isso. A bolsa de estudos correspondia ao curso universitário.

O reitor, ao saber da falta de possibilidade do jovem paraense em se manter, enquanto se preparava para o ingresso no curso de medicina, sugeriu a sua ida para Macau, uma colônia portuguesa em território chinês,[3] que mantinha um liceu de grandes proporções, com ensino bastante eficiente, hospedagem e alimentação, que era lá mesmo preparada pelos próprios alunos beneficiados.

Com a ajuda da embaixada, Márcio seguiu para Macau. Depois de vários dias de uma viagem cansativa numa embarcação de tamanho pequena e praticamente sem segurança, chegou à colônia. Começou, então, a dar os primeiros passos decisivos para a concretização do seu sonho.

Alegre e cheio de esperança no futuro, logo se revelou como um dos melhores alunos do liceu. Com as notas mais altas e um comportamento exemplar, granjeou o respeito dos outros alunos que, mesmo suspeitando da sua masculinidade, silenciavam.

---

3 Desde dezembro de 1999, Macau é uma região administrativa especial da China, a exemplo do que aconteceu com Hong Kong em 1997. (N.E.)

Nessa nova situação de esperança e satisfação, ele escreveu uma longa carta para os pais e outra, ainda mais extensa, para a velha amiga Erotildes, a quem se afeiçoou de tal maneira, que sentia profunda saudade. Mas, reteve-as consigo, porque não dispunha de dinheiro para postá-las. Inclusive, as roupas que usava eram trajes característicos do país, doados por colegas chineses que estudavam, no liceu, o idioma português.

Nos primeiros meses, a sua ocupação, salvo as tarefas na cozinha, que eram divididas por todos que estavam no liceu, era estudar. Não o incomodavam mais, como antes, os olhares dos colegas com relação à sua sexualidade. Quando isso ocorria, ele lembrava da velha amiga Erotildes, repetia a frase de Jesus e acrescentava a luminosa lição do perdão, conforme explicara o Mestre Divino.

Certo dia, o diretor do liceu fez uma rápida visita à sala de aula, onde Márcio se encontrava. Percorreu toda a sala, conversando rapidamente com os alunos. Por fim, se aproximou do jovem paraense:

— Logo que terminar a aula, vá a minha sala, pois eu preciso ter uma conversa contigo.

Márcio imaginou que alguém teria descoberto o seu segredo... a sua situação íntima. Mas obtemperou:

— Seja feita, acima de tudo, a vontade de Deus. Dia a dia, sinto-O cada vez mais presente em minha vida.

— Considerando as suas notas, que são as melhores do liceu - falou o diretor, demonstrando satisfação -, o seu excelente comportamento... Entretanto, o que me chamou muito a atenção foi o seu sentimento de cooperação para com os colegas. É algo raro para um jovem da sua idade, preocupar-se com os outros. Contudo, deve tomar cuidado para não ser explorado. Qual a razão de se comportar assim?

— Eu descobri que a melhor maneira de viver é amar por igual a todas as criaturas humanas, porque sendo todos nós filhos de

Deus, logicamente somos irmãos! E não há nada mais importante do que a capacidade de amar. Quando sinto amor por todas as pessoas, me coloco também entre elas. Mas não é apenas isso! Eu penso que é preciso, também, sentir amor por todos os seres vivos, como os animais, as plantas... A natureza, em todas as suas manifestações. Senhor diretor, para mim, este é o único caminho que nos oferece segurança, coragem e, acima de tudo, fé irrestrita em Deus.

Parou de falar.

Se o diretor da instituição ficou surpreso com o que ouviu, Márcio ficou ainda mais, pois não sabia de onde teria vindo a inspiração. Na verdade, pela sua mediunidade, que começava a aflorar, fluiu o pensamento de Salusiano que, logo depois de superar as impressões causadas pelo desencarne, passou a acompanhá-lo, com a intenção de ajudá-lo.

— Imaginei que a conversa seria rápida! Mas garanto que gostei do que ouvi. Bem, chamei você aqui para propor uma oportunidade de preencher as suas horas vagas, trabalhando direto comigo. Ganhará um salário, que doravante dará pelo menos para comprar as suas roupas. E se você não for extravagante, poderá guardar um pouco para quando estiver na universidade.

* * *

A essa altura, Márcio já havia vencido as maiores dificuldades, pertinentes ao seu projeto. Se realmente conseguiria concretizá-lo, veremos mais adiante.

6

Medo e desânimo

A insatisfação duradoura corrói, como ácido, a esperança, destrói a paz e extingue a alegria.

Dizzi Akibah

No dia seguinte, após o café da manhã, de posse do endereço da casa que pretendiam comprar, Anselmo e Mariângela saíram. Logo que se distanciaram, Mariângela tratou de desabafar:

— Anselmo, sabe onde nós estamos hospedados?

— Que pergunta é essa, Mariângela?! Claro que sei!

— Não sabe! Nós estamos hospedados em casa de espíritas!

— Espíritas?! Que ideia! - falou, rindo desdenhosamente.

— É verdade! Por isso que essa noite, quando conversávamos, estava apressada para a compra da nossa casa.

— Não é possível! Hosvaldo, tão amigo e atencioso, nada me falou! Se eu soubesse, jamais teria entrado na sua casa!

Cinco dias depois, eles ocuparam a nova residência, localizada num bairro dos mais populosos. Para eles, principalmente para Mariângela, apesar do bom tratamento que receberam do casal amigo, durante aqueles dias, foi um alívio, por acreditarem, segundo a formação religiosa, que a doutrina espírita era uma obra demoníaca.

Semanas depois, Anselmo já havia instalado o seu pequeno comércio e as expectativas seriam as melhores possíveis, se a garantia que dera a Mariângela de que não voltaria ao uso da bebida alcoólica não falhasse. Mas, para o desespero dela, certa noite, ele chegou à casa e Cíntia, percebendo o odor desagradável, falou bastante chocada:

— Meu pai voltou a beber!

Acometida de verdadeiro desespero, Mariângela passou a aconselhar o marido que, apesar disso, aos poucos, acabou não resistindo e aderiu de vez à dependência. Continha-se durante o dia, para não atrapalhar o atendimento aos seus clientes. Mas à noite...

Enquanto Mariângela perdia a esperança, Cíntia, entristecida, chorava. Os dias foram passando e a situação piorava cada vez mais, a ponto de Anselmo fechar a qualquer hora do dia o seu comércio, para livremente ingerir bebida alcoólica.

Mariângela sentia-se só, sem parentes, sem amigos... Poderia ser diferente. Contudo, do mesmo jeito que se comportam as pessoas desprovidas de gratidão, depois que saíram da casa de Hosvaldo e Nair, não mais os procuraram. Logo, ela passou a registrar, intimamente, um profundo arrependimento por ter deixado a sua cidade... Os amigos... Lembrando de uma prima que ainda residia em Bragança, decidiu propor ao esposo o retorno. Iriam para a casa da parenta, até se restabelecerem novamente no lugar, de onde nunca deveriam ter saído, segundo o seu pensamento. Expôs a Anselmo, ao que ele foi veemente contrário.

Na discussão, Mariângela disse-lhe:

— Então, vou com Cíntia. Porque aqui, do jeito que o seu comportamento nos impõe viver... É só tristeza... Desespero... Não dá mais para continuar - falou, e seguiu em direção à estação ferroviária, com intenção de comprar as passagens.

Erotildes, como sempre, estava limpando o chão e, ao se aproximar de um dos bancos, onde a mãe de Márcio acabara de sentar-se, dirigiu-se a ela:

— A senhora poderia me dar licença para varrer aí embaixo do banco? - perguntou sorridente.

Mariângela, por ter feito uma boa caminhada até chegar ali, e também por causa das noites insones que passava com Anselmo, que chegava sempre alcoolizado, sentia-se fisicamente debilitada. Para aliviar a dor que sentia nas pernas, resolveu sentar-se um pouco. Mas tendo que levantar, já que havia terminado de se acomodar no banco, sentiu-se incomodada.

Contudo, ao dirigir o olhar na direção da mulher, teve a sensação de que não se tratava de uma pessoa desconhecida. Erotildes, no entanto, já sabia de quem se tratava. Poderia varrer depois aquele local, porém não quis perder a oportunidade que, desde o sonho, guardava a certeza de que um dia ocorreria.

— Meu Deus, que faço? Não sei se já é hora de revelar o que eu tenho conhecimento.

E assim pensando, esqueceu que Mariângela estava em sua frente de pé, esperando que ela varresse o local, para se sentar novamente.

— Desculpe-me - disse ela sorrindo -, a sua fisionomia me lembra alguém.

— Eu também penso que a senhora não me é desconhecida. Que impressão! - respondeu Mariângela, surpreendida.

— É. Pode ser uma simples impressão, ou talvez não! É possível que tenha sido, por exemplo, um sonho, que agora está se tornando realidade.

Ouvindo falar em sonho, a mente de Mariângela voltou rapidamente à primeira noite que havia dormido na casa de Hosvaldo e, retendo a atenção no rosto e observando o sorriso de Erotildes, falou impressionada:

— Isso mesmo! Foi um sonho muito significativo que eu tive... A senhora se encontrava nele!

— Sim - respondeu Erotildes. - A senhora se encontrava muito aflita para saber de uma pessoa, e eu disse que ela se encontrava naquele momento no mar, em travessia, mas que logo chegaria ao seu novo destino. Lembra?

— Minha aflição é um filho, cujo destino eu ignoro.

— Sei disso porque...

Com muita vontade de falar, Erotildes contaria tudo sobre Márcio, se não ouvisse bem nítido em seu campo mental:

— Fale menos do que deseja, e diga apenas o que ajuda a construir o bem. Se você falar tudo, ela jamais procurará outros meios que não seja você mesma. Deixá-la por enquanto curiosa é o bastante para que desista de retornar para sua cidade, como é a sua intenção, fugindo mais uma vez da sua própria insatisfação. Quanto às informações sobre o filho, ela as terá, contudo, no momento mais apropriado - falou o espírito diretamente no campo mental de Erotildes.

Erotildes pensou:

— Mas isso não é uma judiação com a coitadinha, que está sofrendo por causa dele?

— Ninguém é coitadinho. Ela é uma das pessoas que têm mais responsabilidade pelo que o filho passa nessa existência. Tudo deve ocorrer com calma e paciência.

Mariângela silenciou, ansiosa que Erotildes continuasse o que havia começado a falar, na expectativa de alguma notícia de Márcio. Mas, como a boa servidora permanecia calada, enquanto dialogava em pensamento com Salusiano, ela então falou em tom de lamento:

— Não sei se está vivo ou morto!

— Lembre do sonho e tire a sua dúvida. Eu imagino que a sua

dor maior é o arrependimento tardio. E ainda, pior do que isso, a insatisfação! Digo tardio, porque a gente, às vezes, se deixa levar pela decepção e, perdendo momentaneamente a lucidez para discernir, acaba dando ensejo ao remorso, que nem sempre resolve, porque o caso em si já passou.

Mariângela mirou atentamente aquela mulher com a vassoura e um pano de chão na mão, admirada com o que ouvia.

— Posso vê-la fora daqui?

— Fora daqui, estou sempre em casa cuidando de um filho deficiente físico. Meu tempo é muito pouco, dona Mariângela. Mas se desejar, pode vir aqui mesmo, que dá para conversar, como estamos fazendo agora.

Mais impressionada ainda, Mariângela perguntou:

— Como a senhora sabe o meu nome?

— Há coisas que, por simples que nos pareçam, para serem explicadas exigem antes outras informações. Do contrário, podem cair na descrença.

Mariângela estendeu a mão para se despedir, mas Erotildes respondeu:

— Oh, desculpe! Minhas mãos estão muito sujas.

— É verdade! Mas o seu coração me parece tão limpo quanto a beleza do seu sorriso!

Deu o endereço completo a Erotildes e concluiu:

— Se um dia a senhora tiver um tempinho e quiser ir à minha casa, ficarei muito alegre com a sua visita.

— Não vai mais procurar informações sobre as passagens? - perguntou Erotildes curiosa.

— Acho melhor desistir. Mas... como a senhora sabe disso?

— Depois, quando nos avistarmos novamente, eu posso contar - respondeu sorrindo.

Erotildes não achou conveniente dizer que fora Salusiano quem falara a ela.

Mariângela saiu dali, convicta de que aquela mulher havia conhecido Márcio. Não poderia se tratar apenas de um sonho. E, sentindo-se melhor, achou por bem, em vez de fugir, lutar com todas as forças para uma possível recuperação de Anselmo.

Já havia saído da estação, quando lhe veio um pensamento:

— Preciso saber mais sobre esta mulher.

Voltou e ficou observando-a, sem ser observada, até quando duas mulheres passaram bem junto a ela, conversando:

— Que criatura agradável é a Erotildes! É pena ter se deixado iludir com o espiritismo, essa aberração que chamam de religião. Vou comprar um crucifixo de Jesus e oferecer a ela. Quem sabe o demônio não se afasta?

Mariângela sentiu-se revoltada e passou a falar para si mesma:

— Não é possível que eu tenha me enganado de novo, com a conversa bonita dessa gente iludida!

Erotildes, por sua vez, ficara muito alegre! Tinha certeza de que se tratava da mãe de Márcio, do menino Márcio - como gostava de se referir a ele. Contudo, disciplinada, aguardava a orientação do espírito para poder agir.

* * *

Mariângela chegou à casa e, ao ver a porta aberta, pasma, percebeu que algo ruim havia acontecido. Pedaços de cadeira e cacos de prato pelo chão, esse era o visual do interior da residência. Chamou Cíntia e esta não respondeu. Entrou no quarto e Anselmo estava lá, estirado na cama, como se morto estivesse. Aproximou-se e sentiu o forte odor do álcool. Saiu rápido, e uma senhora que residia do outro lado da rua, ao vê-la, falou a toda voz:

— Sua menina está aqui comigo!

Ávida para contar o que havia ocorrido, não perdeu tempo e começou a narrar:

— Seu marido apresentou um profundo estado de loucura e acabou quebrando quase tudo em casa. Quando ouvi os gritos da sua menina, fui lá e trouxe-a para cá. O caso foi feio! Precisou de cinco homens para segurá-lo, enquanto o farmacêutico aplicava uma injeção. Ninguém sabe como será, quando passar o efeito.

No dia seguinte, já era quase meio-dia, quando Anselmo despertou. Mariângela, amedrontada, chegou à porta do quarto e ele, então, falou como se nada houvesse ocorrido:

— Eu preciso conversar com você.

— Eu acho que você tem muita explicação a dar. Se for isso, então pode falar.

— Ora, Mariângela! Explicar o quê?

Ela começou a dizer o que ele havia feito e, sem querer acreditar, ele acabou contrariado.

— Você parece que não está bem da cabeça. Por acaso teve sonhos ruins esta noite?

— Levante e venha ver.

Logo que ele chegou à sala, que ainda se encontrava do mesmo jeito, começou a fechar o cenho e de repente, a sua fisionomia se tornou enfurecida. Com a voz rouca, ameaçou:

— Isso é só o começo! Vocês têm de aprender a não andar se queixando da vida, com tanta insatisfação, por quase nada! Se comparar com o nosso sofrimento, o problema de vocês é como uma gota d'água, diante da tempestade que estamos vivendo. Não pense, dona, que somos invasores da casa, porque foi o seu próprio marido que nos acolheu! E nós estamos nos dando muito bem, porque ele é a única pessoa que encontramos que, além de pensar igual à gente, nos oferece a bebida para esquecermos os nossos tormentos. E você, dona, quer impedir ele de beber. É melhor não se intrometer, porque de nada vai adiantar. Nós não vamos sair dessa casa!

Anselmo, pálido e trêmulo, sem forças para continuar em pé, caiu sentado no chão, com a roupa molhada de suor.

Mariângela segurou-o pelo braço, ajudou-o a se levantar e acompanhou-o até a cama. Em seguida começou a pensar:

— É o demônio que se apoderou dele! Tenho quase certeza de que foi por causa do nosso contato com pessoas espíritas!

Era um processo obsessivo, propenso a durar muito tempo. O tratamento poderia ocorrer em um centro espírita, mas, como a formação religiosa adotada pela família não aconselhava, só o tempo poderia responder o que aconteceria.

* * *

No final de uma reunião de quinta-feira, o dirigente dos trabalhos mediúnicos, tendo à mão algumas folhas de papel escritas, falou para a boa servidora:

— Você começou, hoje, um trabalho através de uma nova experiência, que é a psicografia. Ainda não tomei conhecimento do conteúdo. Mas logo que isso ocorrer, conversaremos! Agradeça a Deus a oportunidade de servir de instrumento para os espíritos atuarem, agora também, pela mediunidade psicográfica.

* * *

Erotildes chegou à casa, e Francisco gritou do quarto:

— Mãe, chegou carta! O carteiro colocou aí em cima da mesa.

Ela pegou o envelope e, ao olhar o remetente, vibrou de alegria:

— É dele! O menino Márcio!

Depois de ler atentamente, página a página, falou com toda satisfação ao filho:

— Ele está vencendo todos os obstáculos.

Imediatamente, lembrou-se de Mariângela. À noite, no centro espírita, pediu orientação ao amigo espiritual, no sentido de poder ou não informar àquela mãe sobre o seu filho. O espírito perguntou-lhe se ela dispunha de condições de assumir as consequências resultantes da sua atitude, pois provavelmente Mariângela, àquela altura, não daria crédito às suas palavras.

Mesmo assim, Erotildes, que se deixava guiar pelo sentimento sincero de fraternidade, aproveitou um dia de folga e andou até encontrar o endereço de Mariângela. Chegando, pôs a cabeça para dentro da casa, pela janela que se encontrava aberta, e chamou:

— Dona Mariângela, sou eu, Erotildes!

— A senhora aqui? O que deseja de mim? Por favor, desapareça da minha presença! Vocês espíritas são pessoas guiadas pelo demônio! Até o meu marido já está louco, louco... Atormentado! Tenho certeza de que isso está acontecendo porque dei atenção à senhora! Pelo amor de Deus, saia da minha porta... Da minha frente!

— A senhora está enganada em relação a isso! O seu marido... Fui informada que se encontra obsediado. Aconselho levá-lo a um centro espírita, para um tratamento desobsessivo. Mas eu não vim aqui apenas para isso. Também trazer notícia de...

Mariângela nem esperou ela completar a boa notícia de que era portadora. Interrompeu-a bruscamente:

— Não creio na senhora! Por isso, tenha a bondade de se retirar.

A boa servidora ficou por alguns instantes olhando fixamente para ela. Nisso, Anselmo apareceu na sala com uma nova crise. O espírito começou a falar através da mediunidade dele, já bastante aflorada:

— Se veio pensando em nos tirar daqui, melhor não se intrometer nessa história, porque agora que temos onde morar, não vamos ficar por aí perambulando! Faça o favor, dona, de desaparecer da nossa presença, e não nos contrarie, porque não sabe com quem está lidando!

Erotildes, depois de ouvir atentamente o que o espírito dizia, estendeu a mão pela janela, em direção de Anselmo, e então o obsessor voltou a falar:

— Não bula comigo! Deixe-me, por favor! - falou, já deixando o campo magnético de Anselmo, que logo voltou à lucidez.

Mas Mariângela, em vez de procurar compreender racionalmente o que presenciara, disse com a sua enganosa convicção:

— O demônio da senhora é mais forte do que este que se apodera de Anselmo.

Erotildes, embora compreendesse que não adiantava dizer mais nada, voltou atrás e falou com a firmeza de quem sabe o que diz:

— A senhora está fadada a aprender pela dor, se não mudar a maneira de pensar. Se precisar de mim, pode me procurar - falou, e se retirou com o coração cheio de compaixão e sincera vontade de servir.

* * *

Márcio ficou fascinado ao ouvir, de um colega tibetano que estudava português no liceu, detalhes sobre a sua religiosidade, os monges e a sua sabedoria.

Assim é que, concluído o curso no liceu, já que guardara quase todo dinheiro do salário que recebia do trabalho com o diretor, antes de retornar a Portugal foi ao Tibete, conhecer de perto o que o amigo havia narrado. Na verdade, o seu maior interesse era saber o porquê da sua situação íntima, pois àquela altura, se já não havia qualquer tendência para o masculino, também para o feminino não mais registrava, com a mesma intensidade de anos atrás.

Já não passava pelos mesmos tormentos que lhe geravam os olhares insistentes. Estava tentando imprimir em si mesmo um grande esforço, na busca da possibilidade de alcançar um estado de espírito onde se identificaria uma neutralidade entre o masculino e o feminino.

Todavia, no estágio evolutivo em que ele se identificava, seria necessário deixar-se conduzir pelos reflexos do amor, na feição universal.

Ao chegar ao Tibete, Márcio foi guiado pelo amigo a um mosteiro. Apresentado ao monge, este, dispensando-lhe especial atenção, disse:

— Sinto que tem muito a dizer. Contudo, mesmo considerando a necessidade, só o faça se o seu coração pedir.

Era a primeira vez que Márcio sentia vontade e coragem de abrir as comportas do íntimo, há tanto tempo cuidadosamente fechadas. Abriu-as e, sem inibição, deixou fluir tudo que nunca antes imaginava falar a alguém.

O monge, por sua vez, ouvia-o em silêncio. Foi mais de uma hora de desabafo. Quando ele silenciou, o monge começou a falar:

— O budismo defende a plena igualdade entre as criaturas humanas. A manifestação da sexualidade caracteriza apenas as diferenças morfológicas no corpo físico. Quanto à sua situação, é uma questão que você mesmo deve ter a capacidade de julgar e decidir. Não deve ser necessariamente de um modo ou de outro, porque o importante é viver integralmente. Se você se resguarda cuidadosamente e não se assume, acaba ficando dividido e pode entrar em conflito consigo mesmo e com a sua sexualidade, dificultando a desejável manutenção da integridade. Por outro lado, se você preferir levar uma vida de abstinência, conforme a sua tendência, acho que não há problema. Mas, se porventura essa decisão lhe trouxer desconforto íntimo, como tristeza, amargura, deve decidir por algo que não lhe gere constrangimento, mesmo que isso seja a opção pelo relacionamento com outra pessoa do mesmo sexo. Nesse caso, o ideal é usar a discrição. Afinal, as pessoas não precisam saber, porque isso não seria positivo nem para você, tampouco para os outros.

Márcio compreendeu bem as explicações do monge, mas o que desejava mesmo era saber o porquê de ter nascido com essa tendência. Saiu satisfeito e grato pela orientação, contudo, esperançoso de que um dia descobrisse a verdade que se encontrava por trás dessa situação.

Mas para escalar a montanha até o pico, faz-se necessário destreza, tempo, boa vontade e decisão firme. Da mesma forma, para chegarmos até a verdade, é preciso adquirir conhecimento precedente, que sirva de amparo para uma compreensão mais acurada. Esse conhecimento pode ser comparado a cada passo dado pelo alpinista, a partir da base, até galgar o mais alto. Isso porque a verdade, como essência divina, se afigura como uma das maiores e mais altas conquistas do ser humano. Era isso que ainda faltava em Márcio.

Certamente o porvir lhe reservaria as explicações que tanto almejava, porque os meios já existiam. Faltava apenas buscá-los.

7

Vencendo desafios

Não esmoreça diante das dificuldades. Elas nos propiciam a experiência que a evolução nos pede.

Dizzi Akibah

Passados cinco meses do dia em que Erotildes estivera na casa de Mariângela, ela ainda não conseguira esquecer o problema de Anselmo. Tinha quase certeza de que, se ele fizesse um tratamento desobsessivo, se recuperaria. Baseava-se nas informações do mentor da casa espírita, onde atuava como médium, de que os espíritos que obsediavam Anselmo não se encontravam ali movidos por ódio ou sentimento de vingança. Eram dependentes do álcool bem antes de desencarnarem.

Fragilizados interiormente por acontecimentos para eles inaceitáveis, se entregaram à inconformação e à tristeza e, logo em seguida, passaram a usar a bebida alcoólica, na ilusão de que ela ajudaria a esquecer os seus tormentos. Mas isso não ajudava. Apenas anestesiava a consciência por algumas horas. E acabaram desencarnando nessa situação.

Logo que Anselmo passou a adotar a tristeza e a inconformação, os espíritos foram atraídos, por se encontrarem na mesma faixa vibratória.

Assim é que Erotildes, mesmo sabendo que Mariângela poderia tratá-la com a mesma hostilidade de antes, não se deteve. A sua intenção era das mais nobres e os seus pensamentos, pura energia luminosa, por causa da nobreza do seu caráter.

Mas, para o seu desapontamento, ao chegar, viu a casa fechada. Chamou algumas vezes e ninguém atendeu. Quando já ia se retirando, percebeu que alguém vinha em sua direção. Era a mesma pessoa que providenciou o socorro para Anselmo, no dia em que Mariângela havia saído para ir à estação ferroviária. Antes mesmo de se aproximar, falou a toda voz e em tom crítico:

— Os ingratos não moram mais aí! No sábado passado, anoiteceram, mas não amanheceram. Soube ontem que venderam a casa e deixaram a cidade, sem sequer se despedirem de quem não lhes negou o apoio nos piores momentos. Não entendo como as pessoas podem ser assim!

— Não ligue muito para isso, porque todos nós, de certa forma, falhamos em alguma coisa. A senhora não sabe para onde eles foram?

— Não! Como já disse, sumiram de repente.

— E a situação do seu Anselmo, melhorou?

— Anselmo? Estava passando muito mal! Acometido de uma demência que dava até pena.

— Em vez de pena, melhor é sentirmos compaixão. Não acha?

— Para mim, tanto faz. De um jeito ou de outro, a ingratidão dói.

Da mesma forma agem todos aqueles que, ainda imprevidentes, não poupam a maledicência. Ela havia praticado uma boa ação, mas não a fez conforme o ensinamento de Jesus: "Fazer com a mão direita o que a esquerda não veja."

Sinceramente sentida por não ter podido ajudar ao pai de Márcio, Erotildes retornou ao lar.

— Eu vou agora responder à carta do menino Márcio - disse ela, logo ao entrar em casa.

— Depois de tanto tempo, mãe? - perguntou Francisco.

— Eu desejava muito dizer a ele que havia conhecido os seus pais. Entretanto, como não sei mentir... Se eu escrevesse antes, teria que dizer que o seu pai se encontrava doente e isso não seria uma boa notícia para o menino, que agora está arrumando a cabeça e ajustando a vida. Já que os seus pais não se encontram mais por aqui, eu nada direi sobre eles.

A boa servidora, embora fosse bem falante e muito comunicativa, escrevia lentamente. Tinha cursado apenas o primário da época e, por não praticar a escrita, sentia essa dificuldade. Por isso mesmo é que ela foi dormir uma hora da manhã, mas conseguiu escrever seis páginas, contando tudo que havia ocorrido desde que o jovem paraense deixara Belém.

Colocou os papéis bem dobrados no envelope e anexou uma mensagem, cujo conteúdo era sobre o amor universal.

* * *

Márcio, depois de dois anos no liceu de Macau, estava preparado para o ingresso no tão sonhado curso de medicina.

Na véspera da viagem de retorno a Portugal, recebeu a carta da velha amiga Erotildes. Vibrante de alegria, fechou a porta do dormitório, para onde se dirigiu quase correndo, e leu alegremente as seis páginas carinhosamente escritas com letras bem desenhadas. Viu a mensagem, mas apressado para arrumar a bagagem, guardou-a para ler depois. No dia seguinte, seguiu para Portugal.

Dias depois, chegou muito cansado, mas tão eufórico se encontrava que, mesmo de bagagem, foi direto à universidade levar o comprovante do curso preparatório. O funcionário que recebeu o documento, falou olhando para ele:

— Você permaneceu um ano a mais em Macau e, para garantir a bolsa de estudo, teria que ter retornado um ano atrás.

— Isso significa que...

O servidor completou:

— Significa que a bolsa perdeu a validade.

O jovem paraense sentiu faltar-lhe terra aos pés, como se diz popularmente. Parecia naquele momento que o mundo havia desabado sobre ele. E não era para menos. Afinal, nem tinha onde se hospedar. Do dinheiro que economizara no trabalho junto ao diretor do liceu, depois da viagem que fizera ao Tibete, restava apenas o suficiente para permanecer numa hospedagem uns oito dias.

— Jesus, Cristo de Deus! Que faço agora?

Veio-lhe uma inesperada reação e ele então raciocinou:

— Algo está errado, porque eu não fui avisado de que havia um prazo de validade. Por isso, devo conversar com o reitor.

— Nem tente, porque ele não o receberá!

— Mesmo assim, eu prefiro tentar.

— A sala dele fica no final do corredor. Por favor, não diga que eu o dexei entrar!

Márcio percorreu o corredor, chegou à porta da sala e, em vez de bater, parou, lembrou-se de Salusiano, que nos últimos tempos visitava-o em sonhos, e pediu:

— Se for possível, velho amigo, ajude-me!

Deu duas batidas na porta e foi entrando.

O reitor, que ostentava uma folha curricular invejável, como jurista, professor catedrático de direito, político português, diplomata, dentre outras atividades, demonstrava-se polêmico quando defendia a verdade, contudo, não lhe faltava a desejável sensibilidade quando tratava com os mais carentes. Por isso mesmo é que, para Márcio não perder a bolsa de estudo, por falta do preparo exigido para iniciar o curso de medicina, aconselhou-o a preparar-se no liceu de Macau.

Ao ver Márcio entrando na sala sem antes ser anunciado, assustou-se e reagiu:

— Quem é você, para invadir o meu recinto de trabalho sem ao menos pedir licença?

— Desculpe-me, senhor reitor! Meu nome é Márcio Bastos. Certamente está esquecido de que sou o brasileiro...

— Oh! Eu não o reconheci! Mas infelizmente, meu jovem, a sua bolsa perdeu a validade - deu a mesma explicação que Márcio tinha ouvido do funcionário. - Sendo a nossa universidade pública, poderíamos abrir um precedente. Mas se não dispõe de possibilidades para se manter aqui em Lisboa, a embaixada do seu país é que deve resolver isso. Eu nada mais tenho a fazer.

Ao sair da reitoria, Márcio lembrou-se de Manuel, o funcionário da embaixada, e para lá se dirigiu. Procurado, o amigo o recebeu gentilmente e, ao saber do seu difícil problema, tentou acalmá-lo.

— Na outra vez deu certo. Se for a vontade de Deus, dará de novo. Vou tentar falar com o embaixador, se me deixarem entrar na sala dele. Esse é o único empecilho que encontro. Quanto a ele não, porque se trata de um homem bom. São as suas ocupações!

— Que brasileirinho que nos dá trabalho! - disse o embaixador depois de ouvir as explicações de Manuel.

Em seguida, pensou, pensou e decidiu:

— Traga-o aqui. Preciso ouvi-lo.

Márcio explicou tudo detalhadamente, e ouviu do embaixador:

— Mesmo com as suas prováveis razões, não tenho poderes para revalidar um documento que é da alçada da Universidade de Lisboa. Inclusive foi dela a ideia de oferecer bolsas de estudo para brasileiros. Estamos em outro país, meu jovem. A única possibilidade de que dispomos, no seu caso, é assumir as despesas da viagem de retorno para o Brasil.

Márcio, triste e sentindo-se derrotado, foi levado ao compartimento, onde permaneceria até a data do seu retorno.

Foram três semanas de aflição, até o momento em que Manuel procurou-o eufórico:

— Brasileiro - falou sorridente -, trago uma boa notícia: você vai continuar aqui em Lisboa e estudando, com o apoio da embaixada.

Márcio abraçou o amigo e falou emocionado:

— Graças a Deus e também a você, Manuel, que tem sido para mim o irmão que eu sempre desejei ter!

A permanência do paraense em Portugal não tinha apenas a finalidade convergente aos seus interesses. Sem que ele imaginasse, retornava ao palco das cenas perpetradas numa existência anterior, onde teria que percorrer os mesmos caminhos por onde semeou espinheiros. Os efeitos das causas teriam que ser absorvidos, para retificar a si mesmo, já que, àquela altura, havia decidido direcionar todos os seus atos, todas as suas realizações, em prol de um entendimento mais profundo relativo às lições luminosas do Divino Mestre, com destaque para o perdão e o amor ao próximo, de acordo com o que lhe fora sugerido pela amiga Cecília.

Márcio pensava que os tormentos da sua vida já haviam passado, mas, em cumprimento às leis divinas, era indispensável que ele se defrontasse com as reações das ações praticadas, ali mesmo na capital do país luso, contra dezenas de pessoas, algumas delas ainda desencarnadas e outras, a exemplo dele, reencarnadas.

Assim é que ele iniciou, cheio de esperança, o curso de medicina na Universidade de Lisboa. Até então, ele ocupava o mesmo compartimento franqueado pelo embaixador, no prédio da embaixada, desde quando retornara de Macau. Mas logo foi procurado pelo amigo Manuel:

— Vim avisá-lo que deverá desocupar esta sala, porque aqui não é um local de residência...

Parou de falar, ao perceber a fisionomia do paraense, cheia de interrogações e com os olhos arregalados, como se fossem bolotas prestes a se desprenderem.

— Calma - disse ele conciliador. - Não vai ficar ao relento, como deve estar pensando. Fui encarregado de conseguir um imóvel para alugar, por ordem do senhor embaixador.

Dias depois, Márcio se instalava numa casa antiga, que por volta de 1750 fora doada à Igreja católica por um casal que, não tendo herdeiros, decidiu entregar grande parte da sua fortuna para a referida instituição religiosa.

Ao adentrar por um grande salão do imóvel, que era repartido em quatro salas, seis quartos e tantos outros compartimentos menores, chamou a sua atenção uma pintura na parede. Era a imagem de um homem bastante jovem, vestido numa farda do exército e ostentando, na mão direita, uma espada cujo brilho dourado fazia-o compreender que a arma teria sido fabricada em ouro. Era por certo um prêmio recebido em homenagem aos possíveis feitos como guerreiro.

O paraense, embora não se sentisse bem, insistiu, fixando o olhar na imagem e, em instantes, teve a impressão de que a imagem expressa naquela pintura se duplicava, e a aparente cópia saía do original com vida. Com as pernas trêmulas de medo, sentiu-se chumbado ao solo e acabou caindo ali mesmo, sem forças para evadir-se do local. Horrorizado, percebeu que aquela imagem - que era na verdade um espírito desencarnado - se aproximava dele com a espada em punho e, como se fosse atacá-lo, chegou bem junto a ele e disse raivoso:

— Enfim, pérfida traidora, nos reencontramos! Você vai pagar com a mesma dor o que me fizeste. Está disfarçada nesse corpo de homem, mas não deixa de ser a mesma traidora insensível que destruiu a minha vida... Não matarei você agora, porque o farei aos poucos, para que experimente os mesmos dissabores que a mim impuseste, através da traição, em pleno acordo com o criminoso.

Não suportando o medo que experimentava, Márcio sentiu um rápido torpor. Minutos depois, foi recobrando os sentidos e percebeu que o suor que porejava no rosto estava misturado com o sangue proveniente de um ferimento nos lábios, que foram machucados no impacto da queda.

— Meu Deus, me ajude! - disse, virando o rosto para o outro lado do salão, evitando olhar para o espírito, mas acabou defrontando-se com a imagem de uma mulher jovem, cujos traços fisionômicos poderiam ser comparados aos de Helena de Troia, considerada pela história como a mulher mais bela do mundo. Fechou os olhos, receoso, mas a curiosidade venceu-o, e então abriu-os de novo e ficou a contemplar.

— Que pessoa linda! Quem teria sido essa mulher? Não me parece estranha!

À proporção que ele a observava, aumentava a sua impressão, e logo começou a registrar em sua mente algumas lembranças, primeiro do local onde se encontrava e, em seguida, de festas num ambiente de luxo e riqueza. Sacudiu a cabeça, como se isso o fizesse esquecer o que pensava, e levantou com dificuldade.

Além da debilidade física que passara a sentir, era acometido de uma profunda angústia. Subiu devagarzinho uma escada de madeira, entrou no primeiro quarto de um corredor e deixou-se cair numa cama empoeirada. Percebeu, pelo vidro da janela, o reflexo do brilho das primeiras estrelas nas ondas do mar. Em seguida, ergueu a fronte para o Alto e falou em voz sussurrante:

— Oh, Jesus! Tenho ultimamente pensado muito em você... Em sua coragem ao enfrentar com dignidade e mansidão os castigos perversos que lhe foram impostos, até o martírio da cruz. Senhor, eu não gostaria de estar aqui, onde fui colocado por circunstâncias momentâneas. Contudo, sinto que não é por acaso que me encontro nessa situação, da qual gostaria de fugir...

"Fugir? Mas para onde?! Por isso, Senhor da paz, peço que me encoraje, para que mais tarde, eu não venha a sentir vergonha da minha própria covardia. Se tenho que sofrer repercussões de algo que eu tenha causado a outras pessoas, no passado, como tentou me explicar certa vez a querida Erotildes, que seja! Peço que uma fagulha do seu amor possa chegar a mim. Mesmo que seja comparável ao tamanho de um grão de mostarda, estou certo que será o suficiente para que eu experimente a paz do seu santo amor."

Terminada a prece, sentiu sono e adormeceu. Mas, ao se desprender do corpo físico, viu em sua frente a réplica viva da pintura, como ele imaginava, com a espada em punho. Intencionou voltar de imediato para o corpo físico, mas o espírito segurou-o pelo braço, apontou a arma à altura do seu coração, e dela saiu um feixe de luz avermelhada que penetrou no perispírito do paraense, direto ao coração, como se fosse o próprio metal da arma a destroçar-lhe por dentro. Márcio sentiu uma dor insuportável. Instintivamente, retornou ao corpo físico e despertou sentindo-se mal, inclusive com o reflexo da dor no coração. Foi uma noite de ansiedade, medo e angústia.

Ele não só retornava a Lisboa, mas, também à mesma casa onde vivera no tempo do reinado de dom João V.

No dia seguinte, chegou à escola de medicina com a fisionomia tão abatida, que logo chamou a atenção de alguns colegas.

— Está doente ou embriagou-se? Bem, isso não é novidade, essa cara aí é bem uma característica de brasileiro quando toma cachaça, um tipo grosseiro de bebida alcoólica - falou zombeteiro Eusébio, que não tolerava a presença do jovem paraense.

A antipatia, contudo, era recíproca. Márcio, embora se encontrasse com a mente em desalinho, nada respondeu. Preferiu preparar-se para a aula prática de anatomia. Essa era a sua maior preocupação, porque desde criança tinha muito receio de ver um corpo inanimado.

Minutos depois do início da aula, surpreendidos, viram o jovem paraense mudar repentinamente a fisionomia e gritar em desespero:

— Não façam isso comigo! Deixem o meu corpo em paz, assassinos! Assassinos! Pagarão por isso, mesmo que essa seja a última coisa que eu possa fazer!

O professor segurou-o pelos braços, sacudiu-o nervosamente e gritou com toda voz:

— Márcio!

Extenuado, sem energia, não aguentou permanecer em pé e cairia, se o professor não estivesse segurando-o pelos braços.

— Mas o que é isso, brasileiro?! Assustou a todos nós!

— Desculpem-me! Eu não sei o que aconteceu comigo. Não sei e estou com muito medo!

O espírito encontrava-se ainda ligado aos restos mortais e, aproveitando-se da mediunidade de Márcio, já bastante aflorada, fenômeno que nenhum dos que ali se encontravam conhecia, manifestou a sua revolta, por causa do corpo, embora inanimado, que servia naquele momento de objeto de estudo.

A aula foi suspensa, pois, embora o professor insistisse, os alunos, amedrontados, não quiseram retornar ao local.

O fenômeno, comum aos nossos olhos, por se tratar de uma comunicação espiritual, mas desconhecido entre os que presenciaram, motivou alguns a evitá-lo e chamá-lo de bruxo, salvo Cândida, em quem ele despertara muita simpatia e que o procurava sempre para reanimá-lo, quando percebia que ele estava entristecido.

Naquele mesmo dia do vexame na aula de anatomia, ela se aproximou dele.

— Eu não sei o que lhe aconteceu. Mas, pelo pouco que ouvi, dá impressão de que você é um sensitivo...

— O que é isso?! - interrompeu interessado.

— Tenho um amigo que promove reuniões com mais de uma

dezena de pessoas, as quais acreditam na comunicação dos espíritos. Apesar de ainda não deter conhecimento suficiente para uma explicação detalhada, eu acredito nisso, porque há muito tempo eu vinha sofrendo assédio de espíritos rancorosos e vingativos. Fiz um tratamento desobsessivo e, felizmente, deu certo. Se quiser, apresento você a ele... Estou certa de que isso será muito bom. Inclusive ele, o Moisés, é uma bela pessoa... Pura bondade!

Márcio, que presenciara a comunicação dos espíritos apenas uma vez, através da mediunidade de Erotildes, compreendeu que doravante poderia ser bem diferente, se aceitasse a sugestão da amiga de apresentá-lo ao líder do grupo.

Sua mediunidade aflorada precisava ser educada, e esse era, no momento, o meio disponível para tentar. Se não chegasse a resolver, pelo menos amenizaria a perseguição do espírito, que iniciava um sério processo obsessivo, algo parecido ao que ocorria também com o colega de faculdade Eusébio.

Cândida, vendo-o silencioso e pensativo, depois de alguns minutos interrompeu-o:

— Percebi que você ficou pensativo. Alguma dúvida? Se não quiser, ninguém o obrigará.

— Não, Cândida! Estava lembrando da minha mãe, que sempre afirmava ser esse tipo de comunicação arte do demônio... E eu sentia muito medo! Porém, agora... pode ir comigo, ainda hoje?

— Agora mesmo, se for o caso.

* * *

Era uma terça-feira bastante ensolarada, com o vento soprando forte, dobrando os galhos das árvores, de onde se desprendiam pétalas de flores que bailavam no ar, e enquanto caíam lentamente, criavam um visual belo e agradável, que poderia tocar o coração de quem presenciasse. Mas, como a indiferença retira a sensibilidade necessária para o registro da incomparável beleza, que provém dos fenômenos mais simples da natureza, Mariângela direcionava o olhar para o local, mas como o seu pensamento se encontrava longe dali, ela olhava e não via. Para se ver realmente, não basta simplesmente olhar, e sim registrar e sentir.

Ela se encontrava sentada numa velha cadeira, na frente da pequena e simples casa, localizada na zona rural, a trinta quilômetros de Belém. Lá dentro, estirado numa cama desconfortável, encontrava-se Anselmo. O seu estado provocava compaixão. A longa companhia dos espíritos que o assediavam provocara um estado doentio e um envelhecimento precoce, de tal maneira que, se fosse visto por alguém, dentre os seus amigos ou parentes, certamente não o reconheceriam. Os cabelos embranquecidos, o rosto enrugado, os olhos cinzentos, sem brilho, encravados fundamente nas órbitas.

Naquele momento, o pensamento de Mariângela vagava muito mais nas desventuras, do que numa réstia de esperança, possibilidade que há muito já havia retirado da mente. Mesmo nos momentos em que decidia orar, já não o fazia com a mesma fé de antes e passava aos poucos ao derrotismo, justificando que teria que aceitar a vontade de Deus, como se o Pai da vida impusesse sofrimento aos Seus filhos. Na verdade, Ele os ama.

Dentre as desventuras que ela fixava na mente, estava o desaparecimento de Márcio e, recentemente, a ausência da filha Cíntia. Por causa da pobreza em que viviam, cessara toda possibilidade de mantê-la na escola. Mariângela concordou, então, que ela fosse residir com a família de um pastor da sua igreja, em Manaus. Já havia um bom tempo que não a via, e tampouco recebia notícias. O local onde morava não era tão distante da cidade, mas o seu estado de saúde não era bom, por causa das fortes emoções vividas todo aquele tempo. Também, não poderia deixar Anselmo sozinho, pois, nos últimos meses, ele passara a alimentar a ideia do suicídio.

A desventura, que causava tanto sofrimento, surgira de dois motivos, os quais poderiam ter sido aceitos e resolvidos com certa facilidade. O primeiro sequer teria surgido se tivessem aceitado a situação da sexualidade de Márcio. O segundo, consequência do primeiro, seria de fácil solução, se em vez do repúdio por motivos religiosos, aceitassem a ajuda espiritual que chegara à sua porta, por meio de Erotildes.

Isso demonstra que o sofrimento é algo que nós mesmos produzimos, apesar de muitos ainda interpretá-lo como castigo de Deus ou simplesmente como a sua vontade. Se nós, ainda tão obscuros, nos sentimos abalados ao percebermos o sofrimento dos outros, imagine Deus que, sob a ótica de João Evangelista, é o próprio amor?!

* * *

Assim como Márcio, Cândida tinha muita necessidade de conversar com alguém a quem pudesse confiar os seus íntimos dissabores. Depois de caminharem um pequeno trecho em silêncio, ela puxou conversa:

— Márcio, não sei se você notou em mim o que venho percebendo em você.

Ele parou de caminhar e perguntou, deixando notar na fisionomia certo vestígio de perturbação:

— A que você se refere, Cândida?

— Eu noto que mantém no íntimo uma grande luta contra os seus sentimentos. Esse cuidado me é perceptivo. Minha intenção não é desvendar o seu íntimo, os seus sentimentos. É apenas de compartilhar. Não sei se você já tem notado em mim... Bem, vou ser mais clara: o jeito masculino. Você não acha que pareço mais com um homem do que com uma mulher? Meu corpo físico é comparável ao de qualquer mulher. No entanto, os meus sentimentos...

Não posso negar que se identificam com os que os homens normalmente têm.

Márcio parou novamente de caminhar, e ficou deslumbrado com a coragem que Cândida demonstrava, ao falar a verdade de si mesma com tanta naturalidade. Ele, até então, só havia aberto o coração ao monge, quando esteve no Tibete. Vendo-o assim surpreendido, ela perguntou:

— Decepcionado?

— Não, Cândida! Isso me faz crer, diante da sua sinceridade, que posso também confiar em você. Não só por isso, mas principalmente porque surgiu em meu íntimo, desde o dia em que nos conhecemos, um sentimento forte por você. É como se, a partir daquele momento, eu jamais me sentisse só... Com você sinto-me apoiado, e a sua presença me proporciona muita alegria. No entanto, em relação a você, vivo o inverso. Os meus sentimentos tendem para o feminino, mas sendo o meu corpo masculino... Decidi lutar contra essa tendência e amar a todos por igual. Sei que não é algo fácil de conseguir, todavia espero que o amor seja suficientemente forte para que, antes de findar essa minha existência, sinta-me feliz, servindo aos mais necessitados do corpo e, quem sabe, também da alma?

— Eu me surpreendo com a sua intenção, porque ela é tão nobre quanto o próprio amor. Gostaria de pensar como você, no entanto, as minhas tendências não satisfeitas me amarguram e me deixam triste com a vida. Na verdade, ainda não as coloquei em prática porque, sendo eu de uma família tradicional, ligada à política do país, seria um escândalo muito grande, e eu jamais seria perdoada, não só pelos familiares, mas principalmente pela sociedade. Enterrar-me-iam viva! Para me sentir mais liberta, necessário seria que eu deixasse o país. Assim como você fez.

— Penso que não, Cândida! Imaginamos, ao deixar um lugar por outro, que a distância que nos separa dos familiares resolve! No entanto, eu me encontro aqui, os meus pais e minha irmã Cíntia encontram-se realmente muito distantes, mas não saem do meu pensamento. Para mim, a família é a principal referência, no que diz respeito à formação psicológica, moral e espiritual. A família, para mim, está para a pessoa que nela nasce como o alicerce para a edificação planejada. A fuga não resolve, porque a ausência é apenas física. Pela alegria da boa convivência ou pela insatisfação da desunião, a ligação é estabelecida no sentimento.

Nem Márcio, nem Cândida haviam conhecido anteriormente alguém com quem se dessem assim tão bem. Na verdade, não existe amor à primeira vista, como se afirma. Ele é cultivado ao longo do tempo. Eles não haviam se conhecido naquela existência, mas sim numa anterior.

— Estamos chegando - falou Cândida, colocando a mão sobre o ombro de Márcio. E prosseguiu: - É pena, porque eu estou me sentindo muito bem ao seu lado!

— E eu também - respondeu Márcio, com um olhar de pura serenidade.

Moisés apertou a mão de Márcio e, depois de instantes, falou calmamente:

— Sinto que você está vindo pela dor. Mas, no seu caso, é indispensável a presença do amor, na expressão da caridade, da compreensão, do perdão, para que o futuro lhe reserve êxitos no tocante à melhoria das qualidades morais. Contudo, de acordo com a sua situação psíquica do momento, se a dedicação e a seriedade na aprendizagem são importantes, mais ainda será a prática. Porém, não tenha pressa, pois mais necessitados do que você, estão aqueles que reclamam ajustes de débitos. Em vez de repudiá-los, seja paciente e amoroso para com eles, dentre os quais estão alguns que ainda não renasceram e outros que, já no corpo físico, tentarão interditar os seus caminhos, os seus planos... Não imagine que o farão simplesmente por maldade, sem razão de ser. São efeitos de causas em você mesmo originadas.

Enquanto Moisés falava, percebia-se facilmente a profunda serenidade tanto na face, quanto no tom com que pronunciava as palavras, o que chamou atenção de Cândida, porque era a primeira vez que presenciava uma comunicação de um espírito com elevação, através da mediunidade. Diante do bem-estar que sentia com tanta intensidade, a sua tendência a partir dali passou a pender muito mais para o conhecimento relativo à vida espiritual, do que o receio de causar desgosto à família.

Márcio, no entanto, ao sair da presença de Moisés, já estava decidido a integrar-se por inteiro à educação da mediunidade, não simplesmente por achar que se tratava de um fenômeno impressionante, como muitos imaginam, mas para o seu grande objetivo de servir. Despediu-se de Moisés, garantindo que estaria ali a partir da data indicada, para o início das suas novas atividades. Registrava, naquele momento, muita paz e uma nova alegria, que aflorava em seus lábios não apenas pela adesão a uma nova situação de vida, mas sobretudo por estar ao lado de Cândida, por quem sentia um amor suave e brando, como o perpassar da brisa.

Ela, por sua vez, relutava, mas não conseguia abafar o despertar de um sentimento que ainda não havia registrado no íntimo até o presente momento. Tinha certeza de que era amor. "Mas como?" Perguntava e silenciava, como se aguardasse uma resposta que viesse da sua própria intimidade. Tanto quanto ele, ela sabia que esse amor não os levaria a uma convivência na feição conjugal. Contudo, era algo bom, agradável, alegre... A presença de um era motivo de alegria para o outro.

O tempo foi passando e Márcio, já integrado aos trabalhos da casa espírita, melhorava dia a dia o seu íntimo. Sentia mais firmeza e coragem diante das situações, que antes considerava por demais difíceis. Voltou a participar das aulas de anatomia sem mais vexames, como havia ocorrido.

Mas, como sabemos que a justiça divina escolhe o momento

mais apropriado para o melhor aproveitamento educativo do infrator, Márcio, que àquela altura já tinha condições de enfrentar e suportar com dignidade as adversidades, foi surpreendido, ao chegar na escola de medicina, com um cartaz escrito com letras grandes e grifadas, mostrando a maldade de quem o fez. O cartaz falava da sua sexualidade e, além de acusá-lo injustamente de prática de homossexualidade, fazia alusão à sua mediunidade, chamando-o de bruxo, feiticeiro...

Do lado direito da entrada, ele percebeu risos zombeteiros. Olhou e viu um grupo de estudantes, dentre eles Eusébio. Não teve dúvida. Eles eram os autores das acusações maldosas. Fingiu não dar importância e seguiu em frente. Mas, logo que chegou a um pátio onde os alunos costumavam permanecer durante os intervalos de aulas, percebeu que havia mais um cartaz com letras ainda maiores, que dizia: "Fora ao bruxo - a vergonha da universidade."

No mesmo dia o reitor, um homem de formação acadêmica invejável e ao mesmo tempo uma autoridade respeitável, tratou imediatamente de mandar retirar os cartazes e apurar o fato. Chamou em sua sala todos os considerados suspeitos, inclusive Eusébio, contudo ninguém assumiu. O reitor, então, mandou chamar Márcio, que entrou na sala de fronte erguida.

— Bom-dia, senhor reitor!

— Será um bom dia mesmo?

— Creio que sim.

— Eu mandei você vir aqui para fazer uma pergunta, cuja resposta deve ser a mais sincera possível: por que fizeram aquelas acusações?

— Acho que só eles, os que as fizeram, saberiam responder.

— Me responda, então: o que leva você a estar tão tranquilo diante de acusações morais de tal porte?

— Quando somos culpados, a consciência jamais deixa-nos tranquilos ou em paz. Logo nos alerta, em forma de remorso ou simplesmente de arrependimento. Se não sou o que me acusam, não tenho porque me perturbar. Só não me sinto bem quando sou o responsável por um erro que acaba prejudicando alguém. No caso presente, o erro deve estar em quem, maldosamente, teve a ideia de praticá-lo.

— Peço que nada faça, em termos de revide, para que o nome da nossa casa não fique manchado por desavenças entre seus próprios alunos, o que seria vergonhoso.

— Garanto que não há em mim sentimento de vingança ou qualquer tipo de ódio. Tenho sim, por eles, muita compaixão.

O jovem paraense já ia saindo da sala, mas parou e disse ainda ao reitor:

— Eu já os perdoei.

Márcio levava realmente a sério a prática das lições do Divino Mestre, dando ênfase à do perdão.

Dias depois, Eusébio foi acusado de autoria dos cartazes, e sofreu com todo o seu grupo uma suspensão, o que os tornou ainda mais rancorosos em relação a Márcio. Em vez de se intimidarem com o castigo recebido, aumentaram o ódio contra o jovem. Entre os amigos, Eusébio, o mais maldoso, dizia sempre com muita ênfase:

— Pensem num escândalo, o pior que se pode imaginar, para arrasar de vez com essa vergonha que o Brasil mandou para viver entre nós.

Mas apesar disso, só falavam, falavam... O tempo foi passando sem que eles realizassem o que tanto queriam. Márcio, no entanto, dois anos depois, já atuava como médium nas reuniões dirigidas por Moisés. Vários espíritos, inclusive os que o tinham na condição de desafeto, já haviam passado pela doutrinação, seguindo rumo à espiritualidade.

Àquela altura, outro tipo de mediunidade (a de cura) aflorara no paraense. A sua fé se tornara tão firme, que bastava estender as mãos sobre o doente, para que ele começasse a se sentir melhor. Aonde ele chegava, os espíritos maldosos, que porventura ali se encontrassem, retiravam-se imediatamente, graças às altas vibrações luminosas do amor que Márcio exteriorizava em direção a todas as pessoas.

Foi assim que, certo dia, ele chegava à escola de medicina e percebeu que havia algo anormal ocorrendo. Aproximou-se e viu alguns alunos segurando Eusébio que, de início, parecia acometido de um ataque epiléptico.

Para a surpresa dos que presenciavam o fato, de repente ele levantou-se e, como se tivesse enlouquecido, ameaçava agredir a todos, o que causava um grande receio. Cinco colegas, dentre os fisicamente mais fortes, tentaram segurá-lo, mas não conseguiram.

Logo que Eusébio viu Márcio se aproximando, gritou a toda voz:

— Vou matá-lo agora!

Alguém alertou:

— Brasileiro, saia daqui! Ele pode matar você mesmo!

Mas ele ficou parado onde se encontrava. Eusébio pegou uma cadeira, bateu no chão e, com o pedaço de madeira que sobrou na mão, foi se dirigindo a Márcio.

Alguém empurrou o paraense, gritando:

— Saia daqui, rapaz! Você quer morrer? Ele está louco!

Entretanto, para surpresa de todos, o jovem não se intimidou. Deixou que Eusébio se aproximasse mais um pouco e estendeu a mão em sua direção. O agressor parou de vez e, sem dar qualquer passo para frente, abaixou o braço. Logo, o pedaço de madeira caiu e, em seguida, ele também caiu e ficou sentado no piso, sem forças para levantar. Márcio pôs a mão sobre a cabeça do seu desafeto e, em instantes, o olhar arregalado de Eusébio foi se modificando e a feição voltando ao normal.

— O que foi? Por que vocês estão olhando para mim? E você, o que quer aqui na minha frente? Não sabe que odeio você?

Márcio nada respondeu, pois sabia que a origem daquele mal-estar era um problema espiritual. Quando deu o primeiro passo para sair do local, percebeu que todos olhavam para ele, mas seguiu em frente sem uma palavra. Antes, porém, de entrar numa sala que estava vazia, como era a sua intenção, sentiu alguém segurá-lo pelo braço. Era Fabiano, colega de sala, que se interessava muito por assuntos sobre a vida espiritual.

— Brasileiro - perguntou interessado -, o que aconteceu?

— Nada tão importante como pensam.

— Fizeste o que para contê-lo daquela maneira?

— Para poder compreender o que você deseja, necessário se faz que antes conheça outras coisas. Não se constrói uma parede, Fabiano, começando de cima para baixo! É pedra sobre pedra, a partir do alicerce. Contudo, embora me chamem de bruxo, posso afirmar que Eusébio não está louco, como devem estar pensando. Está emocionalmente desequilibrado e, com a mediunidade aflorando, atrai, por causa do seu modo de pensar e agir, espíritos também problemáticos. Pelo que pude notar, a intenção da entidade espiritual era conduzi-lo a um erro de grandes proporções ou, na melhor das hipóteses, envergonhá-lo diante dos colegas.

— Obrigado pelas explicações. Acho que não foi tão mal assim. Pelo menos, ele não o chamará mais de bruxo - falou sorrindo.

Márcio ficou ainda mais otimista do que o colega com quem acabara de conversar. Imaginava que, depois disso, Eusébio e o seu grupo o deixariam em paz. Mas estava enganado. O seu débito para com ele era muito grande. Para saná-lo, seria preciso uma nova compreensão e muita ajuda. Ainda mais porque Eusébio considerou a ajuda do seu desafeto como uma afronta, que acabou humilhando-o perante os outros. Tudo isso era o passado, que voltava com intensidade ao presente.

Márcio, raciocinando, concluiu que aquela antipatia não poderia ser gratuita. Como já tinha conhecimentos sobre a lei de reencarnação, tratou de ajudar o seu desafeto. Gostaria, sinceramente, que o ódio fosse substituído por uma amizade respeitosa e sadia. Mas isso só se daria se Eusébio sentisse vontade de perdoá-lo. Pensando assim, tomou a decisão de procurá-lo. Sabia que poderia acabar agredido, mas foi assim mesmo. Descobriu o endereço do rapaz e para lá seguiu.

— Gostaria de falar com Eusébio. Eu sou colega dele, do curso de medicina - disse ele a uma mulher, que abriu a porta para atendê-lo.

Eusébio aproximou-se e Márcio ajoelhou na sua frente. A surpresa deixou-o perplexo.

— Mas o que é isso?! Que ridículo!

— Eusébio - falou Márcio, bastante calmo -, eu sinto que já fiz muito mal a você. Por isso, aqui estou de joelhos, não para simplesmente pedir, mas para rogar que me perdoe! Sei que você não é uma pessoa má. A maldade que às vezes demonstra, possivelmente, eu mesmo provoquei. No entanto, posso afirmar que tenho por você a mesma consideração e o respeito que dedico a outros colegas com quem me dou bem. Logo seremos médicos e teremos que salvar vidas. E isso vai nos exigir, pelo menos, um pouco de amor à criatura humana. O ódio gera tristeza e torna a vida amarga. Um médico... um bom médico deve eliminar as suas mazelas, para poder, com o coração cheio de bondade, cuidar dos seus pacientes, despertando neles a esperança que conforta e anima.

Parou de falar e, percebendo que Eusébio se encontrava ainda no mesmo local, sem se mover, levantou-se e estendeu a mão:

— Convido-o para, juntos, experimentarmos um relacionamento amistoso, dentro do respeito com que toda criatura humana deve tratar os demais.

— Eu nem sei o que dizer ou o que fazer contigo. Quando o

vi, há pouco, ajoelhado e humilhado na minha porta, imaginei que fosse um covarde ou tivesse enlouquecido, para chegar a essa humilhação. No entanto, agora pude compreender melhor a sua intenção. Lamento dizer que, mesmo que eu tentasse, não conseguiria ser seu amigo, porque nunca pensei em ser amigo de alguém que não sente atração pelo outro sexo. Também não posso imaginar porque há momentos em que, ao ver você, sinto um ódio quase indomável. Tenho sido muito forte em determinadas oportunidades, para não cometer um crime, porque a minha vontade, às vezes, é essa, embora, desde que o conheci não me tenha feito nada de mal. Mas, felizmente, isso não aconteceu e espero que nunca aconteça. Por tudo isso, eu digo que não serei assim, facilmente, seu amigo.

— Obrigado, Eusébio, por ter me tolerado.

Márcio saiu a passos lentos, e Eusébio ficou plantado ali mesmo, pensativo.

Poderia naquele momento lembrar-se de Jesus, quando disse a Pedro, o apóstolo, que deveríamos perdoar setenta vezes sete, ou infinitamente. Ainda assim, Márcio não estaria isento do seu débito para com as leis divinas. Contudo, a pacificação ajudaria os dois desafetos a sanarem o grande conflito do passado, que ali se tornava tão presente.

8

Unidos na prática do bem

O amor é o sol da vida. Aonde chegam os seus raios, desventura, desespero e tristeza dão lugar à paz, esperança e alegria.

Dizzi Akibah

O jovem paraense, ao se aproximar de casa, percebeu que alguém o esperava. Era Cândida. Ao vê-la de perto, notou que os seus olhos estavam avermelhados. Abraçou-a e quis logo saber:

— Que têm os seus olhos, que estão assim úmidos?

— São lágrimas de tristeza. Gostaria de não voltar mais para casa, onde sou repudiada pelos meus irmãos, pelo meu pai... Só a minha mãe foi quem sempre me tratou bem... Até morrer, é claro! Poderia sair e morar só, em algum lugar, mas não saberia viver assim na solidão, como você vive. Por isso é que aqui me encontro, para propor fazermos companhia um ao outro. Para isso, basta que me aceite nesta casa. Ela é muito grande para uma só pessoa, não acha?

Márcio, apesar da grande satisfação de ter a amiga que tanto amava junto ao seu coração, no primeiro momento atordoou-se, por não saber qual seria a repercussão, já que residia ali custeado pela embaixada brasileira.

Contudo, deixou que a satisfação vencesse e assim, três dias depois, ela ocupava um quarto vizinho ao dele. A afinidade entre os dois aumentou de tal forma que, para se sentirem realmente bem, precisavam estar sempre juntos. Na rua, eles andavam de mãos dadas, como se fossem dois namorados. E eram sim. Se não pelos laços do amor que une conjugalmente, o que não concretizariam naquela existência, eram por um belo sentimento, que os levaria certamente a isso, numa existência vindoura.

Livre dos preconceitos dos familiares, Cândida passou a acompanhar Márcio aos trabalhos do grupo de Moisés. Como não registrava, naquele momento, mediunidade aflorada a ponto de usá-la para servir, tendeu para o lado social. Sob a orientação de Moisés, formou um novo grupo, cuja atividade era visitar as pessoas mais necessitadas. Nas visitas que faziam, não só levavam donativos materiais, como roupa, alimento e medicamento, mas também orientações de higiene, bons costumes, educação doméstica e, sobretudo, a noção dos bons princípios, levando em conta a melhoria das qualidades morais.

Um ano depois que Márcio e Cândida passaram a viver juntos, terminava o curso de medicina, e o jovem paraense podia, enfim, se sentir médico. Os seus planos de retornar para o Brasil e aplicar os conhecimentos adquiridos, em benefício dos mais carentes, lhe enchiam de alegria e esperança. De posse do diploma, foi imediatamente mostrá-lo ao embaixador e agradecê-lo por tudo que havia feito.

— Senhor embaixador - falou cerimonioso -, estou aqui para agradecê-lo por tudo o que fez por mim. Acabo de receber o meu diploma de médico, e isso não se daria se não fosse a bondade do seu coração. Que a recompensa por este ato de verdadeira bondade seja muita paz, alegria e prosperidade em sua vida.

— Bravos! E agora, o que pretende fazer?

— Devo retornar ao Brasil.

— Está decidido mesmo?

— Sim, senhor! Eu vou, mas jamais o esquecerei, porque a sua presença estará sempre na história da minha vida. Logo que chegar a Belém, tentarei colocar em prática os conhecimentos adquiridos, não simplesmente para amealhar dinheiro, mas sim para servir com dedicação aos mais necessitados, os que residem distante da cidade e nem sempre podem ir ao médico. O médico, então, irá a eles. Serei um médico muito mais dos pobres do que...

Foi interrompido pelo seu interlocutor:

— É bela e nobre a sua intenção. Contudo, ontem eu estive alguns minutos com o reitor da universidade, quando ele citou o seu nome, informando que está entre os melhores alunos que passaram pelo curso de medicina, desde o seu início. Ele planeja promover um encontro de todos estes ex-alunos, quando será feita uma homenagem em tom festivo. Se isso for levado realmente a efeito, será destacado como o mais jovem entre os melhores.

Márcio demonstrou preocupação:

— Eu não desejo desapontá-lo, mas seria muito difícil estar presente. Primeiro, devo viajar logo que o senhor liberar a passagem. Segundo, para um momento festivo desse gênero, eu teria que me apresentar com um traje de acordo, entretanto não o tenho e também não vejo possibilidade de adquiri-lo.

— Márcio... Doutor Márcio - disse o embaixador sorrindo -, eu planejei fazer um convite. Não se trata de festa e nem homenagem, mas sim de trabalho.

— O que o senhor desejar de mim, terá pela minha gratidão.

— Não assim! Não há esse dever. Responda-me: quer trabalhar aqui, como médico da embaixada?

— Já disse sim, senhor embaixador.

— Estou satisfeito com a sua resposta, contudo, você não está de forma alguma preso a isso, simplesmente por gratidão. Poderá seguir por outros caminhos, se porventura for esse o seu desejo.

Para o novo médico, a proposta feita pelo embaixador era o único motivo que o fizera mudar os seus planos de voltar ao Brasil. Contudo, a realidade é que resquícios de "causas do passado", que eram de sua responsabilidade, trariam ainda alguns tropeços.

Durante o primeiro ano atuando como médico, Márcio, que trabalhava apenas um turno, aproveitava o restante do tempo para acompanhar o grupo de Cândida nas visitas que fazia, para dar assistência às pessoas que encontravam dificuldade de acesso a um médico.

Quando era chamado para socorrer alguém, antes de procurar informações sobre o sintoma, ele direcionava a mão ao doente, durante alguns minutos, tempo suficiente para a renovação energética; logo era constatada a melhora. As pessoas mais carentes tratavam-no como doutor Bastos, e como se fosse superior a todos. Um santo milagreiro.

— Santo é Jesus, o nosso Divino Mestre! - explicava bondosamente. - É a ele que suplico ajuda, quando desejo socorrer alguém. Portanto, não é preciso me agradecer, porque não sou eu, e sim ele, que com o seu santo amor socorre a todos nós.

Àquela altura, Márcio sequer se lembrava dos seus desafetos, dentre eles Eusébio, o mais ferrenho. Mas, certo dia, um jornal publicou uma nota alusiva às atividades de assistência do doutor Bastos e da sua amiga, a doutora Cândida, junto aos mais carentes, tecendo fortes elogios ao gesto humanitário dos dois.

Dias depois, Márcio é chamado ao conselho de medicina, onde foi informado que o seu direito de clinicar havia sido temporariamente suspenso, por causa de uma denúncia de curandeirismo feita à justiça.

Márcio saiu entristecido e decepcionado, contudo conservando a mesma convicção de que, se ele não estava errado, a verdade estaria ao seu lado. O erro, porém, de quem seria? Não quis se apressar em saber quem teria sido o autor ou os autores da denúncia. Em vez disso, disse para si mesmo, com toda sinceridade:

— Seja quem for, está por mim perdoado.

Tomando conhecimento, a embaixada designou um dos seus colaboradores jurídicos para defendê-lo. Foram mais de seis meses de apuração do fato, até que ficou provado que as curas feitas pela mediunidade não se caracterizaram como um erro contra a medicina, uma vez que provinham da sua convicção religiosa e da fé que cultivava. Venceu mais uma vez, sem precisar se digladiar com o suposto inimigo.

A denúncia, movida por despeito e ódio, foi encabeçada por Eusébio, Antero e Mário, também médicos, com a participação de uma mulher chamada Sophia, que ele nunca antes ouvira falar, apesar de ser tia de Cândida. Sem que ele pressentisse, esse grupo tecia uma rede de intrigas. Sophia, que não poupava a ostentação do orgulho por pertencer a uma família tradicional portuguesa, sentia-se revoltada pelo fato da sobrinha Cândida estar residindo fora da família, em um casarão antigo, sem luxo e ao lado de um pobretão, como era seu conceito sobre Márcio. Isso era para ela uma vergonha, um vilipêndio! E atribuía ao doutor Bastos a responsabilidade pela situação, a quem, mesmo sem conhecer, odiava.

Já haviam se passado seis meses, sem qualquer novidade desagradável. Mas, certo dia, quando Márcio e Cândida retornavam de um lugarejo um pouco afastado da cidade, saíram de um matagal, onde provavelmente estavam escondidos, três homens. Um segurou Cândida pelo braço e bradando a toda voz:

— Tenho ordem para levá-la comigo, agora!

Os outros dois seguraram Márcio e o agrediram violentamente, deixando-o caído na estrada. Além dos ferimentos, que sangravam, o braço direito tinha sofrido uma forte distensão muscular. Quando eles se retiraram, Márcio perdeu por instantes a vigilância contida nos ensinamentos de Jesus e sentiu raiva dos que acabavam de praticar a agressão. Mas logo se lembrou do "orai e vigiai" e, para não cair na tentação de alimentar um sentimento de vingança, sentou-se na areia, fechou os olhos e disse com toda convicção:

— Seja quem for, estão sinceramente perdoados! - falou, já tentando se levantar.

Momento depois ouviu um alarido e, percebendo que vinha alguém, aguardou. Era um homem montado num cavalo. Quando o viu, parou o animal e foi logo perguntando:

— O que houve, por acaso ladrões o alcançaram?

— Creio que não eram ladrões... Não imagino quem são eles.

— Quer ir comigo até a minha casa? Fica logo ali. Pelo menos dá para limpar esses ferimentos e a minha mulher, que sabe colocar talas, poderá imobilizar o seu braço. Está fraturado?

— Acho que não chegou a isso, apesar da forte dor que estou sentindo.

O homem colocou-o na garupa do animal e, enquanto o cavalo galopava, travou a seguinte conversa:

— Veja só! Eu estava indo até a cidade, para pedir a um médico - dizem que é muito caridoso - para cuidar da minha filha, que está muito doente, mas acabei encontrando outro doente! Depois que minha esposa cuidar desses seus ferimentos, eu o levo... Onde você mora?

— Resido na cidade.

— Então você já ouviu falar do doutor Bastos?

— Sim, já.

— Conhece-o?

— Muito.

— Então, vai me fazer o favor, quando chegarmos lá, de dizer onde posso encontrá-lo, pois eu ainda não tive a satisfação de conhecê-lo. Dizem que ele nem é português. É brasileiro! Embora não falem bem dos brasileiros por aqui, acho que é um povo bem mais caridoso do que muitos portugueses, que só pensam em ganhar dinheiro. Não vê aí o Salazar? Toma o governo a força, promete tanta coisa boa, mas até agora, nada!

Parou de falar. Instantes depois, apontou:

— Vê aquela casa branca lá na colina? Estamos chegando!

Luíza, a esposa do homem que se chamava Miguel, limpou cuidadosamente os ferimentos e colocou algumas talas no braço de Márcio, imobilizando-o.

— Agora vamos buscar o doutor, porque minha pequena está adoentada, como já disse - falou Miguel, apressado.

— Posso vê-la? - perguntou o paraense, interessado.

— Venha comigo!

Ele se aproximou da criança, estendeu a mão em sua direção, fechou os olhos e permaneceu nessa posição durante uns dez minutos. Os pais da criança não estavam entendendo a atitude do desconhecido, mas também não protestaram, já que haviam percebido a boa intenção do estranho.

Márcio terminou o que fazia e, olhando para a menina, perguntou-lhe:

— A cabecinha ainda dói?

— Não senhor, passou!

— E onde está doendo agora?

— Não está mais doendo.

A mãe da criança estava cheia de admiração e a menina, por sua vez, não perdeu tempo:

— Mãe, me dê comida! Estou com fome.

— Louvado seja meu Deus! Não vai mais precisar do doutor! Quem é você, meu amigo? - perguntou Miguel, cheio de entusiasmo.

— Eu sou ele!

— Ele quem?

— Quem você ia procurar na cidade.

— O doutor?! Deus seja louvado eternamente! Foi Ele que colocou você em meu caminho.

— Não! Acho que Ele não nos colocou nem no meu e nem no seu caminho, mas sim no daqueles que me agrediram! - respondeu Márcio sorrindo.

Àquela altura, a noite já havia chegado, e então Miguel propôs:

— Doutor, não quer pernoitar por aqui mesmo, não? Vamos nos sentir honrados com a sua presença!

Márcio aceitou o convite e acabou se sentindo muito bem junto daquela família de camponeses. No outro dia, antes de se despedir, fez algumas recomendações relacionadas à higiene e cuidados que deveriam manter, para não contrair certas doenças, e saiu bastante satisfeito. Afinal, foi servido e teve oportunidade de deixar naquela simples casa um pouco do seu amor fraternal.

Quando chegou à casa, compreendeu o porquê do convite gentil de Miguel. Viu estarrecido que houvera uma invasão. Dos poucos móveis que existiam no seu quarto e no de Cândida, existiam apenas pedaços de madeira espalhados pelo chão. Se ele se encontrasse em casa, logicamente teria passado por uma difícil situação.

Do mesmo jeito que se encontrava, Márcio dirigiu-se à embaixada e pediu ao embaixador que o dispensasse do emprego, pois deveria de qualquer jeito deixar Lisboa.

— Posso atender, já que se trata da sua vontade. Mas se esperar mais um pouco, em vez de dispensá-lo, darei uma carta de apresentação para um hospital ou outro órgão público federal. Retornará com um provável emprego.

Oito dias depois, de posse da passagem, Márcio sentia um forte aperto no coração. Era Cândida! Não sabia até o momento o que lhe acontecera, quem eram os agressores, e sua maior dúvida: para onde a teriam levado. Não gostaria de deixar o país sem vê-la. Sabia onde era a mansão da família da amiga, contudo jamais ousaria chegar perto do local. Além de infrutífera, a atitude seria bastante arriscada.

Na véspera da viagem, ele saiu caminhando em direção a uma praça, onde gostava de permanecer por alguns momentos, para sentir o perfume das flores que ornamentavam o lugar. Antes de chegar, uma jovem se aproximou dele.

— Eu estava à sua procura, por recomendação de Cândida. Tome! Foi ela quem mandou - estendeu a mão falando bem baixinho.

Ele segurou o bilhete, depois de agradecer à portadora, que era uma empregada da mansão de Cândida, e passou a lê-lo.

O conteúdo do bilhete falava sobre a situação difícil em que Cândida se encontrava, em relação aos seus familiares, que eram os responsáveis pela agressão a ele e pelo sequestro dela, por causa da herança da mãe. Ela vinha se negando a assinar o inventário, em represália aos maus-tratos que recebia. E concluiu:

"Mas, apesar dessa situação, eu estou precisando falar com você. Depois das vinte e três horas, quando certamente todos estarão dormindo, vou sair às escondidas e peço que você me espere do outro lado da rua, antes da esquina."

Foi um momento de muita emoção. Ela não esperava que Márcio tomasse a decisão de voltar para o Brasil. O encontro fortuito, que tinha o objetivo de uma conversa rápida, tomou a conotação de despedida. Abraçaram-se demoradamente e, no dia seguinte, depois de tanto tempo, Márcio retornava, levando consigo não apenas o diploma, mas muitas experiências adquiridas.

Da adolescência, só lhe restavam poucas lembranças. As que ele considerava mais agradáveis. Era um adulto, não só por estar com trinta anos de idade, mas sobretudo por um amadurecimento precoce, resultado das lágrimas derramadas em função do sofrimento e do suor vertido em prol dos seus objetivos.

9

Enfim, a verdade

O melhor presente é o passado retificado. E o melhor passado é o bem de hoje, no porvir!

Dizzi Akibah

— Mãe!

— Pode falar, Chico, estou ouvindo!

— Sabe com quem sonhei essa noite?

— Com o seu pai?

— Não, mãe! Eu nem o conheci... Foi com Márcio.

— Daqui a pouco eu vou aí para você me contar. Eu estou olhando o pôr do sol. Está lindo! Quer ver? Eu trago você pra cá!

— Não, mãe! Chega de ter trabalho comigo.

Erotildes estava sentada numa velha cadeira do lado da casa, de onde se via com bastante facilidade o pôr do sol. Ela contemplava o belo colorido das nuvens, e chamava-lhe atenção a forma de uma nuvem, que aparentava um rosto humano. O visual deixava-a deslumbrada, no silêncio do quase anoitecer, quando se assustou ao sentir que alguém tocava os seus cabelos. Ao virar-se para ver quem era, a cadeira abriu-se em duas e, ao sentir que cairia, gritou:

— Oh, meu Deus!

Mas sentiu que dois braços sustentavam-na com bastante firmeza. Ao se reequilibrar, olhou para trás e viu um homem de barbas crescidas sorrindo para ela. Nos últimos tempos, a boa servidora passara a ver com facilidade os espíritos, graças à clarividência bastante aflorada. Via-os de tal forma que, às vezes, confundia-os com encarnados. Por isso mesmo, acabou pensando que um amigo espiritual a teria amparado.

Acreditou nisso de tal maneira, que chegou a pensar:

— Oh, que espírito bonito!

Mas, logo que o seu olhar focalizou os olhos do visitante, ela deu um passo à frente e, com os braços abertos, agarrou-o e apertou-o junto ao seu coração, sem voz para falar, tamanha a emoção. Só as lágrimas desciam rosto abaixo.

Ele, por sua vez, também deixou que a emoção fosse exteriorizada pelas lágrimas que brotavam uma a uma. Um inesquecível momento!

Depois de alguns minutos assim, ela soltou-o, segurou delicadamente as mãos dele e só aí se ouviu a sua voz:

— Menino Márcio! Seja bem-vindo ao coração desta velha negra, que receava desencarnar antes de voltar a vê-lo.

— Este seu filho do coração jamais esperaria por isso. Estou aqui e posso garantir que esse é um dos melhores momentos da minha vida.

— Mãe, quem está aí? - perguntou Francisco, lá de dentro.

— Vamos ver, Chico!

— Mãe - disse ele, com um sorriso de alegria. - Era esse o sonho que eu ia contar!

Márcio abriu a mala, pegou um quadro com uma pintura linda de Maria, a mãe de Jesus, e estendeu a mão em direção a Erotildes.

Em seguida, tirou outra pintura retratando a imagem de Francisco de Assis, e ofereceu a Francisco. Depois, pegou um papel enrolado, abriu-o e falou para a velha amiga:

— Leia em voz alta para Chico também ficar sabendo.

Era o seu diploma de médico.

Erotildes voltou a chorar de emoção. Mas logo enxugou os olhos e disse:

— Nós vamos comemorar isso! Vou fazer agora mesmo.

Horas depois, com muita conversa, enquanto o bolo ficava pronto, fizeram uma prece em gratidão a Deus e, em seguida, ela fatiou o bolo. Acompanhado de um refresco, saborearam-no sob grande emoção e alegria. Quando terminaram, as estrelas já cintilavam no firmamento.

Erotildes então perguntou:

— Menino Márcio... Oh, me desculpe! Agora é doutor Márcio!

— Para a senhora eu nunca serei doutor. Prefiro ser sempre o seu 'menino Márcio'! Mas prossiga. O que ia dizendo?

— Eu queria saber onde você vai morar. Já pensou nisso?

— Já. Junto ao coração de uma bela pessoa que Deus colocou no meu caminho.

— Viva Deus! Quem será essa felizarda?

— Dona Erotildes! - respondeu ele, a sorrir.

— Oh, meu filho! Eu queria muito isso, mas aqui não tem conforto, e você não vai mais precisar viver assim na pobreza. Agora você é um médico!

— Me permita! Eu gostaria de ampliar essa casa, pois tem terreno suficiente, e fazer de vocês a minha atual família, já que não sei onde se encontram os meus, pois até agora não recebi resposta das cartas que enviei a eles.

Erotildes suspirou fundo e Márcio, sentindo que aquela reação é a de quem sabe alguma coisa, mas não tem certeza se deve ou não contar, incentivou:

– Sinto que tem algo importante a me dizer. Seja o que for, estou pronto para ouvir.

– Tenho sim muitas coisas para dizer, mas por hoje quero apenas entregar uma encomenda que os espíritos mandaram para você.

Entrou no quarto e logo voltou com um maço de folhas de papel escritas.

Ele recebeu, olhou superficialmente, e perguntou:

– A Bela Flor Lisbonense. De que se trata?

– É uma história que um espírito, que se identificou com o nome de Salusiano, escreveu pela minha mão. Coitado! Escolheu uma semianalfabeta para isso! Mas você pode ver que as letras são bonitas... Bem desenhadas... Se fossem minhas, acho que até eu teria dificuldade de ler. Você sabe disso, porque quando lhe mandei uma carta...

Márcio interrompeu-a:

– Não se menospreze! Afinal, eu aprendi com a senhora que devemos amar a nós mesmos. Não foi isso? Mas, por que mandaram isso para mim?

– Menino Márcio, eles recomendaram que eu entregasse em suas mãos, afirmando que isso pertence a você. Eu acho que agora é só ler para saber.

Naquela mesma noite, sob a luz de um velho candeeiro, Márcio começou a ler o primeiro capítulo da história.

* * *

Mestre Irineu, como era conhecido, era um remador que passava a maior parte do tempo no mar. Às vezes, em vez de ir para casa no fim do dia, dormia ali mesmo no barco. Era um homem de qualidades morais admiráveis e de muita bondade. Sentia-se bem em ajudar as pessoas, quando dele precisavam, e era um bom conselheiro.

Para que não lhe faltasse a palavra certa, ele buscava no Evangelho as lições do Divino Mestre. Com elas, ele animava e encorajava as pessoas que o procuravam, abatidas e desesperadas. Mas, apesar disso, ele conservava dentro de si um grande amargor.

Certa feita, quando ainda era muito jovem, estava passeando com uma jovem a quem dedicava o seu mais puro sentimento de amor, quando apareceu bem na sua frente um homem tão jovem quanto ele, já o desafiando:

— Deixa essa menina em paz! Ela é compromissada! - falou, e avançou ferozmente contra ele.

Todavia, Irineu, que contava com um físico bastante avantajado em relação ao outro, usou toda a sua força no intuito de se defender. Logo o desconhecido se encontrava no chão, com as duas pernas fraturadas. Irineu, percebendo que havia exagerado, saiu rapidamente dali, antes que alguém, além da jovem, visse e testemunhasse o fato.

Embora todo o esforço para defendê-la, a jovem, temerosa, rompeu com ele, por considerá-lo um homem brutal.

A partir de então, Irineu fechou-se em si mesmo e nunca mais quis se relacionar com alguém. Essa situação perdurou até o dia em que recebeu de uma mulher, que ele costumava ajudar com esmolas, um exemplar do Evangelho. O livro, bastante envelhecido, apresentava as páginas amareladas e grande parte delas já soltas. Ele agradeceu a gentileza da mulher e, sem dar muita importância, colocou-o num cantinho embaixo do local onde sentava para guiar o barco.

O tempo foi passando e, certo dia, ele acabou notando que a pedinte, depois disso, não mais o procurava como antes, para receber a ajuda. Só aí é que ele lembrou-se do livro. Pegou-o com certo nojo, pois além de envelhecido, estava também todo empoeirado. Abriu-o de qualquer jeito e leu: "Amar o próximo como a si mesmo."

Ficou por alguns minutos pensando e falou em seguida:

— Eu nunca havia pensado nisso!

Olhou novamente e leu: "Querer para os outros o que deseja para si mesmo." Fechou-o, tendo o cuidado de deixar o dedo entre as páginas, para não esquecer o local.

Ao refletir sobre a mensagem, veio-lhe a imagem do rapaz caído ao chão e sentiu um grande estremecimento. A consciência fê-lo repensar, apesar de muitos anos depois, a agressividade desnecessária contra o outro, que se achava no direito de defender o seu interesse, já que alimentava a esperança de casar-se com a moça.

Abriu novamente a página e releu as mensagens, afirmou para si mesmo que este seria o seu caminho a partir dali.

Àquela altura, Irineu não era mais o adolescente de antes. Trabalhava como remador e como as despesas se referiam tão somente a ele mesmo, pois continuava solteiro, transformava o que sobrava em ajuda aos mais necessitados que o procuravam, a exemplo daquela que lhe doou o livro.

Naquele mesmo dia, depois de ter contemplado o pôr do sol, o que se transformara em um hábito, ouviu atrás de si:

— Gosta do pôr do sol?

— Oh, coincidência! Eu pensava, há pouco, na senhora! Sumiu todo esse tempo, por quê?

— Ah, moço! Meu filho adoeceu e, com isso, não pude me distanciar de casa.

— Não sabia que a senhora tinha um filho! Adulto?

— Sim, mas é pior do que se fosse ainda criança. Ele não anda, porque ficou sem as pernas, e a mão direita também ficou deformada.

— Ah, entendi! É por isso que a senhora sai para pedir. Estou certo?

— Sim! Do contrário, eu e meu filho morreríamos desnutridos. Não tenho mais idade para determinados trabalhos e também a minha saúde... Meu filho era um jovem sadio, mas alguém o agrediu de forma tão monstruosa, que ele acabou perdendo as pernas e a mão direita, como já disse. Ele nunca foi uma pessoa má. Na época, eu o aconselhei por várias vezes para se afastar de uma jovem que era uma pessoa muito inconstante. Não me ouviu e acabou encontrando-a nos braços de outro. Foi aí que tudo aconteceu.

— A senhora ainda lembra o nome da jovem?

— Lembro. Era Marta. Ela casou-se com um moço rico e sequer lembra que meu menino existe. Meu filho sustentava a família, porque o pai já havia morrido. Por isso, ficamos até hoje nessa situação, esmolando para não morrer de fome.

Ela saiu sem se dar conta de que Irineu tinha o rosto molhado de lágrimas. No dia seguinte, quando ela passou novamente pelo local, ele deu-lhe todo dinheiro que já havia arrecadado com o trabalho do barco. Pediu o endereço e foi visitá-los. Lá chegando, ao vê-lo se arrastando pelo chão, vestido numa roupa velha e mal cheirosa, sentiu as pernas tremerem. Procurou conversar com ele. Puxou assunto ligado aos ensinamentos de Jesus, intencionado a passar algo bom. Mas, para a sua surpresa, o deficiente conhecia muito mais do que ele as lições do Divino Mestre.

Assim é que, dias depois, disse para a mulher:

— A partir de agora, a senhora não vai precisar mais esmolar. Eu vou sustentá-los, enquanto Deus me conceder forças para trabalhar.

Mas apesar disso, Irineu não conseguiu amenizar um trauma profundo, que o levava a não se amar, porque toda vez que pensava em si mesmo, sentia-se criminoso. Por isso é que ele, apesar de ser conhecido como mestre, por ter se tornado um conselheiro para as pessoas, não se sentia feliz. Apesar disso, alegrava-se quando os seus conselhos, baseados nas lições luminosas de Jesus, surtiam efeito positivo em quem os recebia.

Numa determinada terça-feira, ele encontrava-se sentado no barco, meditando, enquanto o sol se escondia na imaginária linha do horizonte, quando de repente sentiu uma vontade incontrolável de olhar para o lado direito, na direção de um grande rochedo, onde as ondas fortes do mar se chocavam, causando um grande ruído. Viu uma menina que aparentava ter treze anos, caminhando em direção ao precipício. Foi a toda velocidade, e tomou-lhe rapidamente a frente:

— Que pensa em fazer, jovenzinha?

— Não quero mais viver - respondeu ela, chorando.

— Mas se você se atirar no mar, não vai resolver nada, porque, na verdade, nós não somos apenas esse corpo físico. A alma não morre, porque foi criada por Deus para a eternidade! O suicídio, jovenzinha, só vai piorar a sua situação. Ora, ora - falou segurando as mãozinhas dela -, uma mocinha tão bonita! Parece uma flor... não uma flor qualquer, mas a mais bela de Lisboa!... Pensando tão mal?!

— O senhor não sabe! Eu sou filha bastarda e, por isso, todos me evitam. Até meu pai, que nunca quis assumir perante os outros a paternidade! Para que serve essa vida cheia de tristeza?

— Não, Bela Flor! Posso garantir que a vida é linda, mesmo quando nos defrontamos com situações amargas. Ora! Garanto que não é por ser filha bastarda que demonstram não gostar de você. É só porque sentem inveja da sua beleza!

Irineu terminou a conversa contando uma das passagens do Evangelho. Quando sentiu que ela já se encontrava refeita, sugeriu:

— Agora, volte para casa e, quando se sentir tristonha, venha aqui conversar um pouco comigo! Mas não esqueça, antes de sair, de dizer para a mamãe para onde está indo! Pois não devemos preocupar os outros, simplesmente por causa dos nossos interesses.

A partir daquele dia, a menina, que se chamava Beatriz, toda vez que a mãe precisava sair, pedia para ficar em casa. Mas logo que a mãe se retirava, ela ia estar com Irineu - o mestre Irineu -, para ouvir dele, além da narração de contos ligados ao mar, ensinamentos extraídos do Evangelho.

Doroteia conversava com a filha Beatriz, que completaria em alguns dias quinze anos. Era uma adolescente belíssima. O rosto oval, os olhos azuis da cor do céu, contrastando com cabelos castanhos.

Onde passava chamava a atenção, de tal forma que Doroteia, mãe zelosa, evitava expô-la em qualquer lugar, não por questão de segurança, pois Portugal, no século XVIII, mais precisamente na década de 1740, durante o reinado de dom João V, já contava com leis que davam amparo ao cidadão, mas sim porque ela vinha notando que a filha adotava uma postura com conotações de orgulho e vaidade, convicta de que não havia ninguém mais bela do que ela, e isso a tornava cada vez mais vaidosa.

Seu maior receio se referia à insatisfação que ela demonstrava por causa do pai, que não vivia ao seu lado. Assim, procurava, sempre que encontrava um argumento apropriado, minimizar essa imagem de beleza incomparável, convergindo para o enaltecimento da verdadeira beleza, a interior.

— Minha filha, a verdadeira beleza - falava com a voz calma, mas com bastante firmeza - é a que cultivamos dentro de nós, como a bondade de coração para com todas as criaturas humanas, como Jesus nos exemplificou. A beleza física, que parece enaltecer as pessoas, arrasta-as para a vaidade e o orgulho. E isso traz sempre consequências sérias.

— Não compreendo porque a senhora me fala tanto dessas coisas. Parece que é a única pessoa que eu conheço que tenta desfazer da minha aparência. Todos, exceto os invejosos que me tratam de bastarda, me admiram! E a senhora não?

— Sim, admiro a sua beleza física, contudo, não deve se deixar conduzir por essa fantasia, porque a flor logo que é aberta do botão, exibe majestosamente a beleza das suas cores e espalha o doce e balsâmico aroma no ar. Mas, apesar de tudo, o seu tempo de exibição na natureza é curto, porque logo chega o momento do fenecimento, e o destino das suas pétalas é o repouso no solo, até transformarem-se em adubo. Assim também é a criatura humana. Logo que passa a fase juvenil, tudo muda, Beatriz! E como somos filhos de Deus, deveremos prestar conta das nossas atitudes, principalmente em relação às outras pessoas. Ninguém é melhor do que ninguém, filha.

Não obstante, o que acabara de ouvir e das boas orientações do mestre Irineu, Beatriz pensava ainda de outra maneira.

— Se ninguém é melhor do que ninguém, como a senhora acabou de falar, por que as meninas ficam gritando bem na porta de casa: bastarda?! Cadê a bastarda? Ora, mãe! Eu não posso ser bobinha. Do contrário, pisam em mim. Elas não são bastardas, no entanto, não são tão bonitas quanto eu. Convencer-me de que sou mais bonita do que elas é o único meio que tenho de não me sentir humilhada e...

A conversa foi interrompida, com alguém chamando lá fora. Era Fernão, um militar admirado pela sua destacável coragem e também inteligência, o que lhe proporcionava trânsito livre nas dependências do palácio real. Ele era o pai de Beatriz, que, apesar de tudo isso, mantinha uma grande dificuldade no tocante ao relacionamento com as pessoas, principalmente por causa de seu orgulho.

Entrou, cumprimentou Doroteia com certa frieza e, abraçado à filha, falou num tom autoritário:

— Vim avisar que tomei uma decisão sobre Beatriz. Ela não pode continuar no anonimato em que vive, sendo a própria beleza personificada. Ela deverá residir doravante com um casal amigo, da mais alta estirpe social, o qual a tratará como filha. Este foi o melhor caminho que encontrei para apagar a mancha de ser ela uma filha bastarda. Já está bem próxima a data do seu aniversário. Mas a sua festa já será organizada na nova residência.

— Você não pode tomar esta decisão sozinho, pois ela tem

mãe! Eu sou a sua mãe! Não permitirei jamais que a retire da minha companhia!

— A decisão já foi tomada. Não há como voltar atrás, pois, além da minha palavra já estar empenhada, assinei alguns documentos nesse sentido, e isso basta!

Em seguida, voltou-se para a filha:

— Beatriz, apronte-se porque vou levá-la para conhecer os seus pais adotivos e a rica mansão que será a sua residência.

Antes de sair, Beatriz ouviu os soluços da mãe, que havia entrado no quarto, e para lá se dirigiu.

— Mãe, não chore! Prometo que, se eu não me simpatizar com eles, desobedecerei às ordens do meu pai e ficarei sempre ao seu lado.

Em poucos minutos de carruagem, já adentravam a mansão do casal Lordello e Gisela. Depois de feitas as apresentações, Gisela, toda gentil, com o braço sobre o ombro da adolescente, convidou-a:

— Venha conhecer o seu quarto.

Subindo os degraus de uma escada, Gisela fazia promessas de que, se Beatriz ficasse com ela, logo depois da festa de quinze anos, levá-la-ia a um passeio em Paris e, na volta, a apresentaria a outras jovens da mesma classe social. Entraram no quarto e Beatriz sentiu-se de certa forma acanhada, ao ver tanto luxo. Da janela, via-se a beleza das ondas do mar, com o seu vaivém, que a adolescente gostava muito de contemplar toda vez que ia ouvir os conselhos do mestre Irineu.

— E então, Beatriz, o que me diz?

— Que gostei muito da senhora, da sua casa, principalmente desse quarto com vista para o mar. Mas sinto que não serei feliz aqui, porque há pouco, quando saí de casa, deixei minha mãe soluçando. Está sofrendo muito com a decisão do meu pai. Eu até que gostaria, mas terei que desobedecer ao meu pai. Eu não virei morar aqui.

— Beatriz, acho que ainda não sabe que seu pai assinou com o próprio punho a sua adoção.

— Meu pai sempre assumiu a paternidade, só perante a mim. Mas nunca fora das quatro paredes da minha casa. Agora, com esse procedimento, deixa claro que ele está tentando me ocultar, arranjando novos pais para mim. Isso poderia ter acontecido quando eu era criancinha. Agora, porém...

— Prosseguindo o que eu falava há pouco, não sabe também que, na semana passada, fomos à igreja e efetuamos o registro do seu nascimento, contendo os nossos nomes como seus pais.

Beatriz desceu os degraus da escada tão rapidamente, que acabou chamando a atenção de Fernão e Lordello, que haviam ficado na sala conversando.

— Que houve, Beatriz? - perguntou o pai, assustado.

— Quero voltar para minha casa.

Gisela chegou à sala e Fernão lhe dirigiu o olhar cheio de interrogação. Ela nada disse. Apenas meneou a cabeça negativamente.

— Vamos, então - respondeu à filha, com a fisionomia fechada.

Despediu-se do casal e rumou para a casa de Doroteia. No trajeto, voltou a perguntar:

— Por que se comportou tão desagradavelmente?

— O senhor nunca quis assumir publicamente a minha paternidade, e tenta agora arranjar pais para mim, continuando com a mesma atitude!

— É porque amo muito você, Beatriz! Sabe que não convivo com a sua mãe e não desejo ver você o resto da vida carregando o estigma de bastarda.

Ela saltou do banco com tal ímpeto que, por pouco, não caiu da carruagem:

— O senhor enganou a mim e a minha mãe, assinando uma adoção sem nos consultar! Eu não sou mais uma criancinha! Prefiro ser bastarda, como o senhor diz, sendo inclusive o único responsável por isso, do que abandonar a minha verdadeira mãe infeliz, derramando lágrimas.

— Mas isso vai ser muito bom para você mesma. Eles são riquíssimos e, como não têm filhos, será sua única herdeira! Quanto à sua mãe, ela acaba se conformando e logo acostuma com a nova situação. Não é que eu não queira assumir você. Enfim, estou noivo de uma jovem de família muito rica, e tenho certeza de que, se ela soubesse que tenho uma filha... jamais se casaria comigo!

Não havia total sinceridade no que ele dizia à filha. Na verdade, eram os seus interesses particulares que falavam mais alto.

Saltaram da carruagem e a adolescente se dirigiu direto ao quarto onde a mãe ainda se encontrava largada numa cama, com os olhos cheios de lágrimas.

— Mãe, cheguei. Não precisa chorar. Eu não vou obedecer ao meu pai - falou bem baixinho.

Mas Fernão já se encontrava na porta do quarto e ao ouvir isso, nervoso, deu dois passos para a frente:

— Você vai me desobedecer?! Isso nunca se dará! Para todos os efeitos, você já é filha adotiva deles.

Doroteia, embora se sentisse indignada, preferiu não discutir com Fernão. Bastava para ela, naquele momento, o que a filha havia decidido.

Bastante revoltado, Fernão já ia saindo, mas voltou atrás e disse a Doroteia:

— O seu pranto não vai ajudar absolutamente em nada, porque não há mais como voltar atrás, mesmo que eu me arrependesse.

Numa terça-feira à tardinha, uma carruagem parou em frente à porta da casa de Doroteia. Eram Lordello e Gisela. Doroteia, ao vê-los, não conseguia mostrar-se equilibrada. Com as mãos trêmulas e suando fartamente, foi recebê-los.

— Entrem - falou com a voz trêmula.

Sentaram-se todos, e Gisela puxou conversa:

— Nós estamos aqui, para uma conversa amistosa em relação à sua filha Beatriz. A nossa intenção é a melhor possível. Conosco, ela terá todo o conforto, desfrutará de um meio social de alto nível e será a nossa única herdeira. Gostaríamos muito que compreendesse isso, já que a ama tanto, como pudemos sentir, ao saber por Beatriz da sua situação, no dia em que ela esteve em nossa casa. Não desejamos arrancá-la dos seus braços à força. Por isso mesmo é que estamos aqui amistosamente, para fazermos um acordo, que seria a permissão para ir ver a sua filha quando quisesse, com livre trânsito em nossa casa, como se fosse, também, uma pessoa da família.

"Não só isso. Daremos imediatamente um prêmio em dinheiro, para fazer dele o que bem entender. Assim, compreendemos que ficará bom para todos. Para ela, conforme já expomos; para você mesma, que mudaria de vida, com boas possibilidades; para Fernão que, diante da posição atual no exército, seria prejudicado pelo fato de ter uma filha bastarda... Se isso vier a público, o prejudicará sobremaneira. E, enfim, para nós, que estamos de posse do documento de adoção de Beatriz e já sabemos para quem deixar toda a fortuna que possuímos.

"Não perderá Beatriz, porque ela é sua filha! Ela estará livre para vir vê-la e até passar dias contigo, se assim desejar. Que me diz, Doroteia?"

As promessas eram por demais tentadoras. Doroteia sabia que Fernão jamais assumiria Beatriz como filha e, afinal, qual seria o futuro dela?

Gisela silenciou, aguardando uma resposta. Doroteia ficou pensando, pensando... Depois de alguns minutos, disse:

— Estou muito confusa. Por favor, tenham calma. Antes de qualquer resposta, eu desejo conversar primeiro com minha filha.

— Está bem. Nós seremos pacientes. Mas, a propósito, ela se encontra?

— Sim. Perdoem-me a sinceridade, mas ela não quer vê-los.

Não por antipatia ou coisa parecida. É porque está revoltada com o pai, por não querer assumir a sua paternidade. Por isso, não deseja de forma alguma satisfazer a vontade dele.

— Sua filha é muito linda! Desde a primeira vez que a vimos com Fernão, passamos a gostar dela e a admirá-la! Permite-me falar um pouco com ela? - Insistiu Gisela.

— Se ela quiser... Aguardem-me um pouco!

Voltou em instantes:

— Desculpem! Ela, como eu mesma, encontra-se bastante confusa.

— Gostaria de convidá-las para um passeio a barco, cujo roteiro é algo belo de se ver. Não haverá mais convidados a não ser você e Beatriz. Conversaríamos mais à vontade e, quem sabe, poderá ser uma oportunidade de surgir uma boa amizade... Aceita o nosso convite?

— Se eu tiver que responder agora, a resposta é não! O melhor é ter tempo para ponderar.

— Que seja.

Apesar de tudo, dias depois, um barco de luxo deslizava sobre as ondas do mar, tendo como passageiros o casal, Doroteia e Beatriz. Como a afirmação popular "água mole em pedra dura, tanto bate até que fura", o casal, aos poucos, foi conquistando a simpatia de Doroteia e Beatriz.

Depois do passeio a barco, foram convidadas para passar uma tarde na mansão. Lá, o tratamento e a gentileza não permitiam a Doroteia expressar-se à vontade, se o que pretendesse dizer fosse contrário ao desejo do casal. Assim é que, depois de meses de insistência e muitos outros encontros, Beatriz já ia frequentemente à mansão com o consentimento da mãe. Aos poucos, ela foi ficando, ficando... até mudar-se de vez.

Quando isso aconteceu, para que o trauma não fosse tão grande para Doroteia, o casal cumpriu com o que havia prometido, em relação ao prêmio em dinheiro. Doroteia, ao ver tanto dinheiro ao seu dispor, não se mostrou apenas alegre. Ficou exultante, eufórica! Àquela altura, já achava que algo melhor não poderia ter acontecido para a vida de todo o grupo, conforme lhe dissera antes Gisela.

De imediato, comprou uma bonita casa num local privilegiado de Lisboa, contratou empregados para os trabalhos domésticos e, em vez de conservar os bons sentimentos que cultivava antes, se tornou prepotente e orgulhosa, principalmente para com os serviçais, que não eram poupados de humilhações até em assuntos de somenos importância.

O aparente poder do dinheiro tornara-a arrogante e intolerante com os que a serviam na condição de empregados. Daquela mulher de antes, que externava orientações baseadas no bem, a título de conselhos para a filha, restava pouco.

10

Revelando tendências

A vingança enlouquece a alma, deforma o perispírito, envenena correntes energéticas e sutis no corpo físico, dando ensejo a moléstias de difícil extinção. Experimente o perdão, conforme exemplificou o meigo Rabi da Galileia!

Dizzi Akibah

Dias depois que Beatriz se mudou definitivamente para a mansão de Gisela e Lordello, numa sexta-feira, a casa amanhecera num movimento pouco comum. Eram os empregados preparando a festa do seu aniversário.

A mansão tinha enormes proporções. O salão onde eram promovidas as principais festas havia passado por uma recente reforma, para proporcionar mais conforto e bem-estar aos convidados, que foram escolhidos entre autoridades ligadas ao palácio imperial e personagens consideradas ilustres, assim como o mais alto escalão do exército, mas considerando acima de tudo o valor da fortuna que ostentavam.

Assim é que, à noite, o salão foi tomado por essa classe considerada de alta estirpe, para homenagear aquela que ficaria doravante conhecida como a Bela Flor Lisbonense.

Na época, entre os vários costumes, era tradição que a jovem, ao completar 15 anos, fosse considerada apta ao compromisso matrimonial, mas que o pretendente fosse oriundo da mesma classe social. Assim é que os pais adotivos de Beatriz, que não tiveram tempo de tratar anteriormente desse assunto, aguardavam ansiosos que, naquela noite festiva, em que muitos jovens estariam presentes, alguém entre os mais recomendáveis, no sentido financeiro, se aproximasse dela.

Apesar do ambiente festivo, nem todos se encontravam alegres. Dentre os convidados, por exemplo, via-se uma mulher sentada num recanto do salão, isolada dos demais convidados, totalmente desambientada. Era Doroteia, a verdadeira mãe da aniversariante. Não fora esquecida pelos donos da casa, contudo sentia-se retraída e decepcionada, já que naquela oportunidade, não contava com a mesma atenção que antes desfrutava, principalmente de Gisela, a anfitriã da festa.

Essa situação piorou ainda mais, quando Fernão adentrou no salão acompanhado por uma jovem de muito boa aparência, vestida num rico traje, adornado com fios de ouro. Era o luxo personificado na exibição da pura vaidade. Ao perceber, Doroteia sentiu-se magoada e despeitada. Contudo, era preciso se conter, porque já havia percebido que o tratamento gentil que inicialmente dispensavam-na era apenas fruto de outro interesse, no caso, a sua própria filha.

Quando todos os convidados já haviam se acomodado, entra Beatriz por uma porta lateral do salão, ladeada por Lordello e Gisela. Vestida a rigor para a ocasião, a adolescente estava tão linda que, de uma só vez, os convidados levantaram e ouviu-se muitas exclamações: "É linda! É incomparável!"

Feita a apresentação, seguida da homenagem referente ao aniversário, o local transformou-se imediatamente num salão de dança, onde os casais deslizavam ao som de valsas. A aniversariante, por recomendação dos pais adotivos, não se aproximou uma vez sequer de Doroteia, a sua verdadeira mãe, o que a motivou deixar imediatamente o salão. Lá fora, Doroteia ordenou ao guia da carruagem que a deixasse em casa. Os donos da casa sequer notaram a sua ausência. E a festa continuou normalmente, porque ninguém percebeu a contrariedade e a infelicidade momentânea com a qual Doroteia se deixou abater.

Já de madrugada, Beatriz sentia-se cansada de tanto dançar, muito mais para atender solicitações do que pela própria satisfação. Durante todo esse tempo, os pais adotivos prestavam minuciosamente atenção às reações de Beatriz, toda vez que era convidada por alguém para dançar, especulando qual seria o que ela iria gostar, que poderia ser o seu futuro esposo. Mas o que perceberam encheu-os de preocupação e desgosto, porque um homem dentre os convidados, ainda muito jovem, mas casado com uma mulher da família de um alto escalão do exército era, dentre todos, quem mais se aproximava da aniversariante.

Por volta das duas horas da manhã, o efeito do vinho de fina qualidade - importado principalmente da França - já fazendo efeito nas mentes, liberando as tendências de cada um, sem aquele cuidado de manter a máscara que era usada para não demonstrar a própria realidade. O fingimento foi esquecido.

Armando, que já não dava a devida atenção à esposa, aproveitou um momento em que Beatriz saía do salão, se dirigindo ao interior da residência. Antes dela entrar, ele tomou-lhe a frente:

— Beatriz - falou ele em tom romântico -, minha vida, a partir desse instante, nada valerá se eu não conseguir viver próximo ao seu coração.

Beatriz, apesar de ter demonstrado estar gostando do assédio no salão, enquanto com ele dançava, deu um passo para trás e protestou:

— Não diga isso! Tenho apenas 15 anos e, mesmo que se tratasse de um homem livre, não assumiria qualquer compromisso sentimental, porque sou contra essa tradição de que, na minha idade, a jovem já se encontra apta a assumir a responsabilidade de um lar.

— Mas para se relacionar com alguém, não significa que tenha que casar assim tão logo. Um verdadeiro encontro, para mim, é promovido pelo amor, e este passa a comandar a vida das pessoas. O fato de eu ser um homem casado nada significa, uma vez que a separação compensa, mesmo quando é considerada um escândalo, se isso acontece sob o comando do amor. E é isso que sinto agora por você!

Fitando o rosto dele enquanto falava, Beatriz lembrava-se de Fernão, seu pai, que prometera casar-se com a sua mãe e fazê-la feliz. Mas tão logo ela nasceu, ele abandonou-a e tratou de ocultar a paternidade. Seu pai, na sua forma de pensar, não teria condições morais de recriminar aquele pretendente que estava ali na sua frente. Seria, na sua maneira de pensar, uma boa oportunidade de desencadear um ato de vingança contra Fernão, pelo estigma que carregava como filha bastarda.

Entretanto, ponderou, já que a ideia acabava apenas de nascer, e reagiu com energia:

— Não dói na sua consciência enganar e tornar infeliz aquela que confia em você como esposo?

— Oh, Bela Flor Lisbonense! Eu nunca planejei tal coisa. No entanto, a sua beleza me despertou sentimentos...

Foram interrompidos ao ouvir alguém exclamar, com ímpeto:

— Armando!

Era Antonieta, a esposa dele.

— Volte ao salão - falou aborrecido. - Eu já estou indo!

Fingindo civilidade, contudo cheia de ódio, fez o que ele mandou, já pensando como reagiria, não contra o marido, porque sabia que isso o afastaria ainda mais dela, mas sim contra Beatriz. Assim que Beatriz retornou também ao salão, onde a festa prosseguia animadamente, não foi poupada pelo ciúme e o despeito de Antonieta, que se aproximou com um sorriso desdenhoso:

— Não tive ainda a satisfação de conversar um pouquinho contigo! Acho até que o Armando teve mais sorte do que eu. Gostaria muito de trocar algumas palavras, mas que não fosse aqui, no salão, porque há muito alarido. Não quer me convidar para irmos até a sala de visita?

— Sim, vamos!

Antes mesmo de chegarem ao local, ela, dirigindo um olhar rancoroso para Beatriz, começou a falar:

— Nota-se que, apesar de agora você ser a herdeira do casal Lordello, é uma menina inexperiente e muito boba! Sabe que Armando é casado e, inclusive, temos um filho. Como ousa dar atenção a um homem nessa situação? Será bem proveitoso que receba esse aviso como um alerta, suficiente para entender onde está pisando. Do contrário, a felicidade que pode estar em suas mãos desaparecerá, assim como ocorre com a luz de uma vela quando diante de um vendaval. Cuide-se, menina! - ameaçou-a seriamente.

Todavia, Beatriz, esperta e perspicaz, reagiu no mesmo nível:

— Eu não pedi para o seu marido me acompanhar, tampouco fazer propostas, que eu jamais imaginaria recebê-las por agora, mesmo que fossem provenientes de rapazes desimpedidos. Eu gostaria de saber que tipo de mulher é a senhora, para continuar vivendo com um homem que se comporta dessa maneira? Não pode ser melhor do que ele! Apesar da minha idade, tenho um conselho a dar: minha mãe tinha razão quando sempre me dizia que, quando uma mulher não sabe amar o seu esposo, ele pode ficar insatisfeito e, a depender do caráter, procura outra. Ela, minha mãe, sabia disso porque, embora magoada pelo abandono do meu pai, culpa-

-se porque, em vez de tratá-lo com amor, fazia-o com exigências, cobrando obrigações. Se realmente deseja viver ao lado do seu esposo, cative-o pelo amor, pois eu é que não devo fazer isso! Passe bem e, por favor, deixe-me em paz!

Não havia sinceridade no que Beatriz acabava de dizer. Ela realmente estava gostando das insinuações de Armando. Achava-o belo, bem falante, instruído e muito atraente.

Sem noção do que poderia acontecer, quando a festa terminou, ela já havia tomado uma decisão:

— Topo o desafio, já que ela veio me provocar dentro da minha própria casa - pensava, debruçada no peitoril da janela do seu quarto, enquanto contemplava o clarão da lua refletindo nas ondas do mar.

Duas batidas na porta interromperam-na. Era Gisela, a sua mãe adotiva:

— Pensando? - perguntou, sondando-a sutilmente.

— Sim, um pouco.

— Gostou da festa que preparamos para você?

— Sou muito grata. Pareceu-me bem mais um sonho do que a realidade.

— Algo importante? Percebi que você, às vezes, sorria alegremente, mas de quando em vez demonstrava a fisionomia fechada, carrancuda... como se tivesse ocorrido algo desagradável. O que houve?

— Nada importante!

— Ou está receosa de me falar? Não tenha receio, pois não há confidente melhor do que a própria mãe.

— É verdade! Só que ela não se encontra aqui, porque foi menosprezada pelos donos da casa e também pela própria filha, que foi forçada a isso. Se não percebeu, ela retirou-se no meio da festa.

— Não admito que você me responda nesse tom - reagiu exasperada.

— Também eu nunca vou aceitar que a senhora determine com quem eu devo dividir os meus sentimentos, se é essa a sua intenção, porque não gosto de tradições. Por isso mesmo, se eu vier a gostar de um homem, mesmo que seja ele casado, lutarei pelos meus sentimentos.

— O que me diz?! Então é isso! As minhas observações têm fundamento!

Gisela saiu estonteada do quarto de Beatriz.

— Deus meu! Quem é essa menina que trouxemos para o nosso convívio? E o pior: ela é a única herdeira da nossa fortuna!

Atormentada com o que acabara de ouvir, voltou ao quarto da enteada, ameaçando-a:

— Apesar de tê-la adotado como filha, posso deserdá-la se não seguir as minhas orientações.

— E eu, que não tenho interesse na fortuna da senhora, posso amanhã mesmo voltar para minha casa, convicta de que a senhora, seu esposo e o meu pai fizeram um grande negócio: ele, meu pai, casará com uma filha bastarda do seu esposo, que vinha há tempos ameaçando um escândalo. Para isso, meu pai, às caladas, vai receber um grande prêmio em dinheiro, o que por igual fizeram com a minha mãe, para aceitar que eu viesse residir aqui. Dessa maneira, meu pai se livra de mim, a filha bastarda. O senhor Lordello, seu esposo, também se livra de um problema, a filha, e a senhora, porque o escândalo não deixaria de atingi-la, por se tratar da esposa dele, um homem visto pela sociedade como reto, honesto, respeitável! São estas as correntes que não me prenderão! Portanto, repito: se eu gostar de alguém, mesmo havendo um impedimento, para mim o que vale é o sentimento - afirmou, usando o que ouvira de Armando.

— Quem contou a você tantas mentiras, minha filha?

— Seria um grande desrespeito achar que a senhora falta com a verdade. Então, o que eu compreendi do comentário feito pela senhora ao conversar com o senhor Lordello, para mim, é a pura verdade.

— Está proibida de sair de casa, se não for em nossa companhia. Do contrário...

— Do contrário, eu retornarei para o meu verdadeiro lugar de filha bastarda, ao lado de minha mãe, uma mulher sem prestígio social e marcada pela situação em que o meu pai, que estará em breve se integrando a esta família, a deixou ao abandoná-la.

— Esqueça dessas coisas! Você é tão jovem e tem tudo nas mãos para ser muito feliz!

— Não serei jamais feliz me sentindo objeto de negócio! Se não me deixam ser melhor, também eu não pouparei quem quer que seja! Não posso ser diferente, vivendo entre lobos. Se eu facilitar, eles me devoram. Nesse caso, permanecer mais próxima das feras que oferecem menos perigo é a minha única saída. E, pelo que pude notar, Armando não me parece um lobo voraz. Mas, tal qual meu pai, merece uma boa lição!

Gisela desceu os degraus da escada com as pernas trêmulas. Não sabia como agir, diante da séria situação. Resolveu não participar a Lordello, que, naquele momento, dormia profundamente, sob o efeito do excesso de vinho ingerido.

No dia seguinte, já passava do meio-dia quando Beatriz desceu do seu aposento. Convidada a sentar-se à mesa para o almoço, negou-se.

Lordello, que ignorava a situação, olhou para ela e ordenou:

— Venha! Sente-se aqui do meu lado.

— Agradeço pela gentileza, porém estou sem apetite.

— Se ainda não foi informada, saiba que aqui, mesmo sem fome, senta-se à mesa. É um procedimento tradicional da nossa família.

— O senhor me desculpe, mas não gosto de determinadas tradições.

— Mas você precisa de mais polimento social!

— Também eu não gosto de ouvir falar nessa sociedade, onde se encontra a falsidade e o fingimento.

Ele olhou para Gisela e perguntou:

— O que deu nela?

— Deixe-a! - depois conversaremos.

Lordello levantou nervoso da mesa e, sem sequer ter experimentado o sabor da comida, dirigiu-se ao seu quarto.

Instantes depois, Gisela entrou e fechou a porta:

— O que aconteceu com essa menina que parecia tão dócil, e se demonstra agora tão agressiva?

— Ela está revoltada, porque descobriu a origem do casamento do pai, e acha que tanto ela, a mãe e a sua filha, Lordello, foram negociadas como se fossem mercadorias.

— Não há agora outro meio a não ser habilidade. Tentar fazê-la acreditar em outra versão dos fatos. Se conosco se mostra rebelde, longe de nós poderá, com a revolta que sente, e também pela falta de experiência, provocar um escândalo de grandes proporções.

O tempo foi passando e, para deixá-la à vontade, sem contrariá-la, gratificaram regiamente uma velha servente, em quem depositavam muita confiança, para se aproximar cada vez mais de Beatriz, fazer amizade e, ao mesmo tempo, vigiá-la.

Assim é que vamos encontrar a servente a conversar com a Bela Flor Lisbonense, que demonstrava tendência para estabelecer amizade entre as pessoas mais simples, por achar que, igualmente a ela, eram também vítimas daquela sociedade corrompida.

— A senhora está aqui há quantos anos? - perguntou interessada.

— Ah, minha bela menina! São quase trinta anos de luta!

— Gosta de trabalhar aqui?

— Mesmo que não gostasse, teria que aceitar. Afinal, eu criei meus filhos e agora também faço o mesmo com alguns netos.

— E eles não têm pais?

— Têm, sim! Mas o que ganham é muito pouco. Quem tem melhor renda na família sou eu. Nem todo mundo tem a sua sorte, senhorinha!

— Mas isso, dona Porcina, não é tudo!

— Sim! Mas sabe o que significa a pobreza, quando falta até o pão? São muitos os que assim vivem. Dizem, os mais velhos do que eu, que Portugal já foi bem melhor. Não sei se falam isso por não gostarem do rei dom João...

— A senhora gosta dos seus patrões?

— Nós não devemos só gostar. E sim amar a todos, como ensinou Jesus. Esse jeito de viver traz paz ao coração.

— Mesmo quando somos enganados?

— Até mesmo quando nos ofendem. O certo é perdoar e, em lugar do ódio, usar o amor, porque esse sentimento faz bem. O ódio é como um veneno. Quando não mata, enlouquece. Pior ainda é a vingança. Todas as pessoas que agem impulsionadas por ela se dão mal. Acabam infelizes, doentes e derrotadas.

— E quando nos fazem mal, se não reagirmos com a vingança, o que faremos?

— Lembra-se de Jesus, quando nos recomendou perdoar?

— Eu acho que a senhora é uma santa. Eu aqui, perto da senhora, me sinto uma diabinha! Meu coração não vai sossegar enquanto eu não der uma boa resposta a certas pessoas, inclusive ao meu pai!

— Não pense nisso, minha bela, porque nunca dá certo. Vou dar um exemplo: quando um pai abandona um filho, Deus, que é o verdadeiro pai, não o deixa desamparado. Logo aparece alguém que o quer como filho e acaba adotando-o. O filho pode sofrer muito por isso, contudo sofrimento maior será o do pai irresponsável, quando se debater com a própria consciência.

— Acho que a senhora sabe muito pouco onde está pisando.

Esse não é o meu caso. Fizeram de mim um objeto de negociação.

— Como soube disso?

— Meu pai, o verdadeiro, me apresentou Natália, a jovem com quem vai se consorciar. Identificamo-nos bastante! De início, imaginei que fosse porque vivemos o mesmo drama. Mas, com o passar dos dias e as visitas constantes que faço a ela, descobri que se trata de uma bela pessoa! Tenho certeza de que o meu pai não a merece.

— Não me disse ainda porque fizeram de você objeto de negociação, como você afirmou...

— Primeiro ouvi alguma coisa sobre isso, numa conversa entre dona Gisela e o senhor Lordello. Depois, Natália me contou tudo o que sabia. Inclusive ela é filha bastarda do senhor Lordello!

— Mas como, se eu estou aqui nesta casa há tanto tempo, e nunca ouvi falar nisso? Tampouco vi essa rapariga por aqui!

— O senhor Lordello proibiu-a. Agora que ela ameaçou contar toda a verdade a quem quiser saber, ele, receoso do escândalo com o seu nome, ofereceu a meu pai um presente, que é quase uma fortuna, para que ele se case com Natália.

— E ela ama o seu pai?

— Pior que não! Mas é essa a única maneira encontrada para se livrar da condição de filha bastarda. Doravante, será a senhora Fernão. Mas também, para o meu pai, tudo isso teve um custo. O senhor Lordello exigiu que ele assinasse um documento de doação da própria filha! Como pode perceber, dona Porcina, eu não estou aqui somente por ter esse rostinho bonitinho, como dizem! Mas porque fui negociada mesmo! Até a minha mãe, que relutou para que isso acontecesse, foi silenciada pelos meus pais adotivos com um bom prêmio em dinheiro. Como percebe, assim não dá para ser feliz!

— Eu estou surpreendida, Bela Flor! Mas não fique revoltada, porque isso acabou evitando um mal pior. Mas se você mesma acaba sendo herdeira de uma fortuna que ninguém, além deles, conhece a extensão, melhor é considerar o bem que essa nova situação pode trazer. Alguém foi prejudicado com isso? Provavelmente não. Então, se há algum bem, você também faz parte disso.

— Está bem, dona Porcina, se eu conversar mais com a senhora, vou acabar pensando igual, ou mudar de diabinha para anjo! Seria até bom. Mas acho que ainda não estou preparada para esse tipo de bondade, diante de certas pessoas maldosas - falou, já saindo.

— Oh! Não quer conversar mais um pouquinho, não?

— Não, porque eu vou sair. Se a senhora disser a eles o que eu acabei de falar, e que vou sair, perderei a confiança.

Depois de andar alguns quarteirões, ela viu uma carruagem parada. Deu uma volta para desviar, mas ouviu alguém chamá-la pelo nome. Olhou e, vendo de quem se tratava, prosseguiu andando. De repente, sentiu alguém segurar delicadamente o seu braço.

— Oh, Bela Flor Lisbonense! Aonde vai assim tão só? Não quer que eu a conduza de carruagem?

— Não, obrigada!

— Então me dê pelo menos cinco minutos!

Ela parou de caminhar:

— Diga o que quer rapidamente, porque estou sob ameaça da sua mulher.

— Ela fez isso?

— Acho que tinha razão ao fazê-lo.

— Não se importe com ela, porque ninguém neste mundo jamais atingirá você. Eu não permitirei.

— Desconfio de quem faz juramentos, porque nunca cumpre. E também, não estou precisando de defensores!

— Mas eu juro por Deus que estou falando a verdade.

— Sou ainda quase uma menina, mas é melhor que não me veja como uma tola. Sei muito para a minha idade. Não se envolva comigo, porque isso nunca daria certo. Não quero ser apenas uma aventura nas mãos de um homem casado, e também não desejo que, mais tarde, me chamem de aventureira, porque eu não sei medir as minhas ações quando não gosto de alguma coisa.

"Me confundem por causa da minha fisionomia, que acham linda, e com isso imaginam que sou um anjinho de bondade. Asseguro que não. Portanto, é melhor que viva em paz com a sua mulher e o seu filho, para depois não lamentar a falta de sorte. Eu jamais faria você feliz. Compreende?

"Sei que é um homem bastante atraente, de encher os olhos, como dizem. Mas não pense em preencher comigo algum vazio em seu íntimo. Se a sua mulher não soube fazê-lo, eu provavelmente o faria bem pior do que ela! Mesmo porque seu comportamento parece muito com o do meu pai. Ambos precisam é de um corretivo, mas eu não serei a responsável por isso, se me deixar em paz! Do contrário... Cuidado com o arrependimento tardio!"

Ela retornou, entrou pelo fundo da casa e foi ver novamente a velha Porcina.

— Alguém procurou por mim?

— O senhor Lordello. Tem alguém aí que ele quer apresentar a você. É um jovem, tão bonito como você mesma. Os pais são donos de navios.

— Mais um?

Entrou na sala, ensaiou um sorriso e, ao ver o rapaz, lembrou-se de que havia dançado com ele na festa de aniversário.

— Vem aqui, filha - falou Lordello com amabilidade.

— Eu estimo muito que conheça melhor o Silvano. Ele é de uma família cheia de nobreza e de grandes possibilidades. Você, que gosta tanto do mar... São eles proprietários de vários navios. Inclusive, um dos navios recebeu o nome dele.

— Foi o meu pai que quis me fazer essa homenagem.

— Acho interessante seu nome ser o mesmo do navio. E você, o que acha?

— Eu me sinto garboso e muito orgulhoso.

— Que mais sente referente a isso?

— Bem, que... que... tenho um pai muito bom.

— E sua mãe, não? É bom lembrar-se dela, porque foi ela que carregou você nove meses na barriga, nos braços e, depois, segurando-o pelas mãos. Os pais nunca serão mais importantes do que as mães. Por muito bons que sejam, jamais se igualarão.

Esse jeito de se expressar, que era um puro deboche, que ela fazia propositadamente, por causa das intenções do pai adotivo, deixou sem jeito o pretendente que, inibido, pediu licença e retirou-se.

Ela ia saindo da sala, mas Lordello chamou-a:

— O que você pensa que fez?

— Fiz uso da verdade, com bastante sinceridade.

— Você tem que aprender a medir as suas palavras, quando conversar com determinadas pessoas, para não desagradá-las.

— O senhor me desculpe a ousadia, mas essas determinadas pessoas, que despertam mais interesse, são as mais ricas? Não acho que sejam melhores porque são ricas! Sei de muitos ricos que fazem coisas que nunca deveriam fazer, para ocultar os seus erros e as suas maldades. E conheço pobres, como dona Porcina, que além da bondade de coração, tem um caráter invejável!

Beatriz era esperta, contudo, em relação à velha Porcina, não suspeitava que havia recebido dinheiro dos patrões para observá-la.

Lordello, embora indignado com a ousadia de Beatriz, sentia-se impotente diante dela, por receio de que ela desencadeasse um escândalo com o seu nome. Confessava-se profundamente arrependido de tê-la aceito como filha adotiva. Tirando proveito da situação, Beatriz sentiu-se sem limite, e passou a adotar um comportamento nada exemplar.

Com o sentimento de vingança contra o pai e contra os pais adotivos, e também por conta do conceito que fazia daquela sociedade, passou a brincar com os sentimentos dos outros. Toda vez que se defrontava com um dos pretendentes, dentre os que faziam fileira disputando a sua atenção, ela o aceitava, fingia que o amava e, quando despertava nele, propositadamente, a certeza de um sentimento mais profundo, desprezava-o sem explicações. E logo aparecia com outro, que seria a sua próxima vítima.

Já haviam se passado dois anos da festa de aniversário, e nunca mais vira Armando. Mas certo dia, quando ela passeava de mãos dadas com mais um, eis que ele apareceu e, cheio de ciúmes, desafiou:

— Ei, rapaz!

O jovem voltou-se para ele e, educadamente, perguntou-lhe:

— Pois sim, o que deseja?

— Acho que se encontra no lugar errado - provocou propositadamente.

— Não tenho receio do cão que muito ladra - respondeu Marconi, ainda segurando a mão de Beatriz.

— Não me falte com o respeito! Já que não sabe quem sou, dou a você um bom motivo para não me esquecer - falou, já o agredindo com socos e pontapés.

Ela, no entanto, achou graça daquela cena deprimente. Marconi, que havia se apaixonado loucamente por ela, ao vê-la rindo da humilhação que ele passava, saiu desesperado em direção ao mar. Depois de alguns dias do desaparecimento, encontraram o corpo do rapaz boiando. Ele se suicidara.

— Não estou mais aguentando viver longe de você, que nunca sai da minha lembrança. Minha vida em casa virou um inferno, com a minha mulher raivosa e enciumada, que nunca me deixa em paz. Tenha compaixão de mim, ó Bela Flor Lisbonense!

— Armando, eu já avisei você. Mas se quer pagar pra ver, que seja.

Depois de alguns encontros, Armando abandonou o lar, na esperança de que Beatriz ficasse realmente com ele. Mas, depois de poucos meses, quando ele já tinha por certa essa possibilidade, Beatriz, sem que ele suspeitasse, já estava de namoro com outro oficial do exército, considerado o melhor dentre os mais eficientes. Inclusive, meses atrás, havia sido homenageado com um prêmio valoroso, do qual só fazia jus o que tivesse as melhores qualidades de guerreiro: "a espada de ouro".

Armando, ao se sentir traído, tanto por ela quanto pelo colega de farda, que se chamava Virgílio, encheu-se de ódio e sentimento de vingança.

Dentre todas as aventuras de Beatriz, foi com Virgílio a que mais durou. Não que ela o amasse, mas usava-o, inicialmente, para se livrar das perseguições de Armando. Contudo, o tempo foi passando e Beatriz não encontrava meios de se afastar de Virgílio, porque ele a tratava com muita gentileza, carinho e, acima de tudo, respeito. Era, aparentemente, bem intencionado.

Já haviam se passado nove meses, e eles se encontravam pelo menos duas vezes por semana.

11

Ultrapassando limites

Só pela dor é que muitos despertam do entorpecimento da maldade.

Dizzi Akibah

Numa sexta-feira, programaram um passeio a barco. Alegre, Virgílio já planejava casar-se com a Bela Flor Lisbonense. Rumaram para o cais, onde pegariam o barco que, àquela altura, já deveria estar no local, conforme ficara acertado com o condutor da embarcação. Mas ao chegarem, viram o barco, mas não o condutor.

Virgílio soltou a mão de Beatriz:

— Me espere aqui! Vou procurá-lo.

Saiu andando e chamando-o:

— Mestre Irineu! Mestre Irineu...

Beatriz parou de ouvir a voz de Virgílio, e imaginou que ele havia se distanciado bastante dali. Puxou a embarcação pela corda que a prendia, entrou nela, sentou-se e ficou aguardando. Meia hora depois, impaciente com a demora, saiu do barco e foi procurá-lo.

— Virgílio! Virgílio, onde você está? Está me ouvindo?

Ela estava receosa, porque era ainda muito cedo e não havia mais ninguém no local. Mas Virgílio não respondia e tampouco retornava. Achando estranho demais aquele sumiço, seguiu em frente e encontrou-o caído ao chão, com uma espada transpassada na altura do coração. Ele estava morto.

Ela saiu gritando, como se tivesse enlouquecido. Logo as pessoas foram chegando ao local.

A morte do oficial parecia um mistério. Mas, como a Justiça Divina não falha, o criminoso, ao desarmar Virgílio, teve a ideia de matá-lo com sua própria espada. Todavia, na hora da troca, se enganou. Usou a sua mesmo e colocou rapidamente a de Virgílio na bainha, fugindo do local.

Oito dias depois do crime, que comoveu a sociedade pelo fato da vítima ser bastante conhecida e pertencer a uma família próxima ao rei dom João V, outro oficial do exército, que era muito amigo da vítima, se empenhou voluntariamente em descobrir o responsável pela morte do seu melhor amigo.

Investigando detalhadamente, descobriu as iniciais do nome de Virgílio no cabo da espada que estava sendo usada por Armando, e manteve com ele o seguinte diálogo:

— Deixou de usar a sua espada?

— Não deixei. Ei-la aqui - falou, segurando-a.

— E estas iniciais?

— Eu as gravei em homenagem a Virgílio.

— Armando, a verdade é que a sua foi trocada por essa aí, que era usada por Virgílio no momento do crime. As evidências mostram que não tem outra saída, a não ser se entregar e pagar pelo crime cometido.

Armando tentou atacá-lo. Não conseguindo, saiu da corporação correndo como um louco, e desapareceu rua acima. Três dias depois, o corpo do criminoso foi encontrado pendurado numa corda, numa casa abandonada. Suicidou-se.

Beatriz, insensível e mal orientada, precisou chegar aos extremos para perceber que a sua brincadeira de vingança, como ela mesma denominava, já havia causado muito mal. Recolheu-se então em casa, o que causava surpresa aos pais adotivos. Até então, eles não sabiam das aventuras da filha. Mas, quinze dias depois da morte de Virgílio, alguém a procura na mansão.

— Desejo - disse ele - falar com uma jovem chamada Beatriz.

O empregado da casa, sob orientação de Porcina, mandou-o aguardar um instante, e informou à dona da casa, que foi imediatamente atender o desconhecido.

— Quem é o senhor e o que deseja com a minha filha?

— Senhora, o meu nome é Irineu, mas sou conhecido por alguns como mestre Irineu, por me considerarem um dos melhores remadores, e por muitos outros, que me procuram quando desesperados, em busca de um conselho. Desde menina, Beatriz saía às escondidas da mãe para desabafar comigo a sua tristeza de ser filha bastarda. Eu aproveitava estas oportunidades para aconselhá-la. E nas minhas orações, até hoje, eu peço por ela.

Notando a impaciência da mãe adotiva de Beatriz, ele foi direto ao assunto que o levara ali.

— A minha presença aqui prende-se à morte do oficial Virgílio. Eu achei muito estranho ele ter me contratado para conduzir o barco que o levaria, juntamente com a senhorita Beatriz, a um passeio, e desistir mandando apenas um recado por uma pessoa que eu não conhecia! No mesmo dia, fiquei muito chocado ao saber da sua morte. Eu o conhecia há muito tempo, pois era ele, dentre os meus clientes, o que mais gostava do mar! O meu coração, senhora, está em prantos.

— Como sabe que Beatriz reside nesta casa?

— Ela mesma me contou que viria residir aqui. E essa teria sido a terceira vez que eles passeariam no meu barco. Ela, embora desfrute de todo conforto e tenha nas mãos tudo o que deseja, como suponho, precisa de muito amor e, sobretudo, de orientação firme, para que não se torne uma pessoa vingativa, pois a revolta que identifiquei em seu coraçãozinho pode ser um forte indicativo para isso.

Gisela, impaciente, não prestou atenção à recomendável orientação do remador.

— Está bem, mestre Irineu! Direi para ela que o senhor veio aqui prestar-lhe solidariedade.

Gisela começou compreender o porquê do retraimento da filha adotiva, no silêncio a que se submetera, isolada nos seus aposentos durante aqueles últimos dias, e das lágrimas que via derramar, sem que tivesse oportunidade de conversar para saber do que se tratava.

Com as pernas trêmulas, subiu os degraus da escada e foi estar com ela que, como se nada temesse, confirmou o que fora dito pelo remador.

— Precisamos deixar Lisboa urgentemente, e durante um bom tempo, para evitar um escândalo com o seu nome e, em consequência, também o nosso - falou, demonstrando aparente afabilidade.

Assim é que, em vez de chamá-la à responsabilidade dos próprios atos, cinco dias depois, a pequena família deixava Lisboa, sem contudo anunciar o destino.

Oito meses depois, quando retornaram, o impacto da morte de Virgílio já havia passado e começava a cair no esquecimento do povo. Beatriz, no entanto, não conseguia esquecer a tragédia, porque a sua consciência acusava-a de tê-lo enganado, usando-o tão somente para livrar-se dos assédios de Armando.

Nesse estado psíquico a que se entregara, e receosa de ser acusada como cúmplice de Armando, preferiu a reclusão voluntária no próprio lar.

Meses depois, Lordello e Gisela, que vinham observando o

comportamento de Beatriz, resolveram convidá-la para uma longa viagem por outros países, que há muito estava programada, mas ela se recusou a acompanhá-los. Eles não insistiram, por acharem que a menina já merecia um voto de confiança.

Desde a morte de Virgílio, ela se tornara introvertida e mais acessível às suas determinações. Para eles, ela estava ficando mais adulta. Afinal, já havia completado vinte e dois anos.

Na véspera da viagem, Gisela mandou reunir os empregados da mansão, para algumas recomendações:

— Passaremos uma longa temporada fora, mas, apesar disso, nada mudará na rotina da casa e nas atividades de cada um, porque Beatriz estará à frente das determinações. Ela, durante a minha ausência, será a senhora da casa, a patroa de todos vocês.

Logo que eles se ausentaram, Beatriz fez uma verdadeira revolução na arrumação da casa. Mudou o visual com uma nova pintura, contendo cores diferentes, segundo o seu próprio gosto. Contratou um artista e determinou a ampliação, em uma parede do salão por onde se adentrava ao interior da residência, de uma pintura que recebera de Virgílio, que o retratava num momento de glória, quando havia recebido a "espada de ouro", um dos mais bafejados prêmios entre os militares naquela época.

Não que se tratasse de uma grata lembrança, mas apenas uma homenagem, achando que, com isso, poderia amenizar a consciência. Na parede oposta, ela mandou pintar a sua própria imagem. Depois de pronta, observou que as duas pinturas estavam bem centradas, frente a frente, e lhe veio um pensamento:

— Pronto, Virgílio! Estarei sempre na frente dos seus olhos... Apenas na pintura! Para ser sincera, onde quer que esteja, prefiro que me esqueça.

Depois disso, a Bela Flor Lisbonense, dona de si e sem ter de prestar satisfação a quem quer que fosse, voltou a frequentar as festas das altas rodas sociais, sem contudo se deixar envolver pelo sentimento, apesar do constante assédio a que era submetida por um grande número de pretendentes.

Numa sexta-feira foi-lhe entregue um convite para mais uma dessas luxuosas festas. Mesmo partindo de um desconhecido, aceitou-o, considerando o local da cidade, que era habitado pelos mais afortunados.

* * *

— Mandei convidá-la, pois esta festa jamais alcançaria o objetivo de alegrar a todos os participantes sem a presença da Bela Flor Lisbonense.

Era Cláudio, filho de um dos maiores cultivadores de uva, e também exportador de vinho. Apesar do conceito da família, ele, a exemplo de Beatriz, era volúvel, insensível e irresponsável em relação ao sentimento alheio.

Ao contemplar de perto o rosto da sua convidada especial, que até então só conhecia de longe, encheu-se de ternura e, sem perda de tempo, perguntou-lhe:

— Dança comigo?

— Com prazer - respondeu ela, de bom grado.

— Então, abramos o baile desta noite inolvidável!

Beatriz, que tanto zombara dos sentimentos de muitos que já a haviam procurado, sentiu que algo diferente estava acontecendo. Era um novo sentimento.

Observava Cláudio e não identificava nele o mesmo fascínio que facilmente notava nos pretendentes anteriores. Ele parecia manso, agradável, risonho, despreocupado, como alguém que, sem nenhuma responsabilidade, deixa que tudo aconteça de qualquer jeito, sem se preocupar. Na sua vida, ainda não havia existido o "tem que ser assim" adotado pelas tradições.

Ao terminar a festa, Beatriz desconfiava que, pela primeira vez naquela existência, sentia amor por alguém. Ele, por sua vez, que até então não havia encontrado alguém com quem se identificasse, sentiu-se preso a ela.

Despertada por um novo sentimento, Beatriz lembrou-se de uma conversa que tivera antes com Porcina, sobre a pobreza, e tendo em mãos todas as possibilidades, já que era no momento a senhora da mansão, passou, acompanhada por Cláudio, a fazer visitas aos locais onde a pobreza dos moradores era algo gritante, levando fartamente alimentos, remédios e tudo mais que suprisse a necessidade.

Durante esse período, convictos de que se encontravam unidos pelo amor, decidiram mudar de comportamento, um pelo outro.

* * *

— Boa Porcina - disse Beatriz a sorrir -, agora sei o que é o amor. Acho que estou decidida a me casar e ser feliz!

Porcina ouviu a narração com a mão no queixo, admirada, mas sem querer acreditar no que ouvia. Quando ela terminou de falar, a boa serviçal disse-lhe:

— É muito boa essa sua decisão, mas, antes de qualquer coisa, pense bem na responsabilidade que deseja assumir, pois o casamento deve ser firmado no amor. Sem isso, logo que surgirem problemas e dificuldades, será como a casa sem alicerce diante de um vendaval. Bela Flor, entendo que não faltará a você conforto material e nenhuma dificuldade financeira a atingirá, mas isso não é tudo, pois a parte principal não é o que está fora, e sim o que se encontra dentro de nós.

"De que adianta ser detentor de uma grande fortuna, quando se tem o coração vazio de bons sentimentos? De que vale o poder que a riqueza proporciona, quando se carrega dentro de si tristeza, amargura e arrependimento tardio? A felicidade sonhada não nos vem num toque mágico da ilusória varinha de condão! Há um caminho a ser percorrido, e nem sempre as suas margens são enfeitadas de flores, pois é mais frequente que nelas semeemos espinheiros. Como não passamos por ele apenas uma vez, chega o momento em que circunstâncias diversas nos conduzem ao retorno. É aí que a dor nos alcança, fazendo-nos pensar melhor, porque acima de todos nós estão as leis de Deus.

"Não deve esquecer que o lar é formado pela união, pelo respeito e pela amabilidade dos que nele vivem, porque os filhos que nascem, precisam do melhor exemplo dos pais, para que, no futuro, possam ser homens e mulheres de bem."

Parou de falar, e Beatriz então perguntou-lhe:

— Boa Porcina, você acha que eu não serei feliz?

— Não disse isso, Bela Flor! Mas posso garantir que ninguém poderá ser feliz alimentando o sentimento de vingança e brincando com os sentimentos alheios. O povo sabiamente diz que tudo que fazemos aos outros recai em nós mesmos. Seja o bem ou o mal.

— Percebo que errei muito, mas agora desejo fazer tudo de forma que ninguém saia prejudicado.

— Sei disso há muito!

— Sabe? Mas como?

— Não há nada que fique escondido por muito tempo. Mesmo quando alguém consegue ocultar os seus atos, de modo que ninguém os perceba, chega um tempo em que os reclames da consciência levam o infrator ao desabafo. E assim, ele mesmo se denuncia.

— Boa Porcina, Deus perdoa? Ou terei de ir para o inferno, ao morrer?

— Ora, Bela Flor! Acho que Deus perdoa, mas não passa a mão na cabeça do que persevera no erro. Lembro do que dizia um senhor para quem eu trabalhei antes de vir para cá. Ele que era seguidor de Buda afirmava que Deus perdoa, dando-nos nova oportunidade de acerto. No entanto, nós somos responsáveis pelos nossos desatinos e, como tal, respondemos por eles. Quanto ao inferno, duvido que seja assim como dizem. Digo isso baseada na afirmação de Jesus, conforme está no Evangelho, de que "nenhuma ovelha ficaria fora do rebanho". Ele se referia a nós, todos nós.

"Mas nem por isso, devemos sair por aí, agindo sem pensar, porque, como eu disse há pouco, respondemos sempre pelo que fazemos."

— Estou muito arrependida do que fiz! Vou pedir a Deus que me ajude a consertar a minha vida, casando-me com Cláudio, criando e educando os filhos que porventura venham a nascer. Farei todo o esforço para mantê-los longe de qualquer vestígio de vingança, pois agora eu sei o quanto isso é ruim.

— Muito bem, Bela Flor! Mas não esqueça que deve dar satisfação da sua decisão aos seus pais adotivos e também à sua mãe, para ter ou não a aprovação deles. Afinal, se o moço casar contigo, automaticamente passará a ser também herdeiro, e isso, pelo visto, é um pouco complicado!

— A minha mãe já está ciente. Quanto aos meus pais adotivos, logo que chegarem vão saber.

— E se eles não aceitarem?

— Não aceitarei a imposição deles, mesmo me arriscando a ser deserdada.

Cláudio, notadamente mudado, dias depois que conhecera Beatriz, teve a seguinte conversa com o pai:

— Sei das decepções que todos têm passado comigo. Eu reconheço que tenho errado muito, não só em relação ao senhor, mas a toda família. Os piores erros, no entanto, não se relacionam à nossa família, mas a tantas outras que acabaram prejudicadas com o meu comportamento insensível e irresponsável.

— E você tem coragem de me dizer tudo isso? - perguntou o pai, visivelmente decepcionado.

— Antes não, mas agora tenho coragem de ser sincero... O fato de estar falando tudo isso já é uma mudança! Mudança que pretendo colocar em prática daqui para frente, para poder me sentir um homem capaz de constituir uma família e, através dela, tentar ser feliz. Por isso desejo, a partir de hoje, trabalhar ao lado do senhor, receber de boa vontade as suas boas orientações... Deixar para trás, da mesma forma como despertamos de um sonho ruim, todo mal que já pratiquei.

O pai levantou-se e com os olhos úmidos, segurou as duas mãos do filho, fê-lo também levantar-se e, num abraço cheio de emoção, levou-o para bem junto do seu coração.

– Sim, filho, e por que não? Não foi bem assim que fez o pai do filho pródigo?

12

Final infeliz

O arrependimento tardio está entre as piores dores morais.

Dizzi Akibah

Lordello e Gisela retornavam enfim da longa viagem. Chegavam com uma enorme bagagem, trazendo valiosos presentes para a filha.

Todavia, ao entrarem em casa, Gisela mostrou-se visivelmente contrariada, ao perceber as reformas feitas. Lordello, por sua vez, ao ver a enorme pintura de Virgílio na parede do salão, indignou-se de tal forma, que sequer cumprimentou a filha adotiva e os empregados que, perfilados, os aguardavam para as boas-vindas.

— Não tem sentido! Embora fosse uma pessoa de destaque, nenhum parentesco tinha conosco! Essa pintura terá que sumir daí!

— Se o senhor proceder assim, contrariamente à minha vontade, me sentirei totalmente decepcionada, uma vez que me fora dado sem restrições o direcionamento desta casa, durante a ausência de ambos. Sairei imediatamente daqui e perderei as considerações que tenho cultivado nos últimos tempos.

Gisela, embora também insatisfeita, reconsiderou:

— Não é preciso chegar a tanto, Lordello! Consideremos os sentimentos de Beatriz em relação a esse rapaz, que teria sido, se não fosse vítima de uma tragédia, um bom partido para ela!

Lordello mais uma vez lembrou-se que a filha sabia até demais da vida deles e, com temor de um escândalo, acabou também reconsiderando.

Dias depois, quando os ânimos já haviam se acalmado, Beatriz lembrou-se do conselho da boa amiga e, a sós com Gisela, deixou-a ciente das suas pretensões.

— Enfim você tomou a decisão de encontrar alguém para se consorciar - disse Lordello, depois de tomar conhecimento do assunto pela esposa. - Mas, precisamos conhecê-lo e, a depender de quem se trata, convidaremos a família para um jantar, oportunidade que teremos não só para travar conhecimento, mas também para cuidarmos de assuntos pertinentes ao casamento.

Mas aqueles que semeiam a discórdia, a desunião e provocam a infelicidade aos outros, não têm direito à felicidade, como planejavam Beatriz e Cláudio. Assim é que, dias depois, o pretendente da Bela Flor Lisbonense adentrava a mansão, para conhecer os futuros sogros e falar sobre as suas pretensões.

Lordello, cujo interesse era saber a que família Cláudio pertencia, já que não o conhecia, fez dessa dúvida a sua primeira pergunta, depois das apresentações.

— Meu pai - respondeu Cláudio - é um dos maiores produtores de uvas do país, e exportador...

Lordello interrompeu-o, já de cenho fechado:

— Você é o filho mais velho dele?

— Sim, sou o primogênito.

— Não tenho referências muito boas com relação ao seu comportamento.

— Pode ser verdade, mas, ao conhecer Beatriz, mudei automaticamente a minha vida. Sou agora um homem que quer viver para uma esposa e filhos. Já me reintegrei às atividades ligadas aos negócios, ao lado do meu pai.

— Ainda assim, não posso aprovar o seu casamento com Beatriz, porque seu pai é o único inimigo que tenho. Ele me odeia como se eu fosse o próprio demônio. Eu, por minha vez, tenho também, minhas razões para odiá-lo. Como percebe, bateu numa porta errada! Um casamento é também um traço de união entre duas famílias. Mas, nesse caso, jamais seria.

— Pai - reagiu Beatriz, pela primeira vez, chamando-o de pai -, não acha que esta seria uma boa oportunidade de acabar com a desavença? Seria o traço de união que o senhor acabou de falar.

— Impossível! E quanto a você, rapaz, não mais a procure!

— Isso eu não aceito - bradou Beatriz, bastante revoltada.

— Não é você que decide isso, Beatriz - disse ele, autoritário. - Ainda sou eu!

— Se for pela herança, pode me deserdar e doar tudo a quem convier, mas deixe eu mesma traçar o meu destino!

— Nem uma palavra a mais!

Cláudio saiu pálido e Beatriz, chorosa, subiu os degraus da escada e jogou-se na cama, aos prantos. Entretanto, as lágrimas que derramava poderiam ser comparadas a alguns pingos de chuva, diante da tempestade de lágrimas que ela mesma fez derramar em lares desfeitos, nas decepções e traições praticadas contra aqueles que se tornavam presas fáceis da sua beleza.

Três dias depois, Beatriz havia desaparecido. Um verdadeiro batalhão do exército saiu à sua procura, a pedido de Lordello, que tinha muito prestígio junto ao governo de dom João V. Ela havia fugido com Cláudio. Mas, infelizmente, a procura das duas famílias era de tal maneira, que dava para sentir a intensidade do ódio mútuo, e de início a motivação maior das duas partes, que lutavam desesperadamente, era para que eles não permanecessem juntos.

Os dois haviam planejado fugir para o Brasil, na época, uma colônia portuguesa. Combinaram se apoderar, a título de herança, que achavam ter direito, de dinheiro e joias, para garantir o êxito dos seus planos. Beatriz, que tinha acesso aos bens da família, esvaziou alguns cofres e fugiu, durante a noite, com o apoio de um dos empregados da mansão. Cláudio, no entanto, não encontrou a mesma facilidade, mas conseguiu se apoderar do dinheiro com que o pai fecharia, no dia seguinte, a compra de uma grande e valiosa propriedade.

Eles estavam escondidos na cidade de Porto, aguardando apenas uma embarcação, que ancoraria naquele mesmo dia com destino ao Brasil.

Mas, logo que as duas famílias tomaram conhecimento dos valores em dinheiro e joias que eles haviam se apoderado, providenciaram uma verdadeira caçada.

Beatriz e Cláudio se dirigiam ao porto, de carruagem, levando na bagagem duas arcas repletas de joias e dinheiro. Assim que perceberam que soldados do exército estavam em seu encalço, deram início a uma fuga perigosa. Cláudio chicoteando os animais com toda a força do braço, fê-los dispararem em alta velocidade pelas ruas e, em poucos minutos, os fugitivos já seguiam por uma estrada.

Nessa corrida desesperadora, chegaram num trecho de difícil acesso e, com a chuva que havia caído há pouco, a terra estava molhada e escorregadia. Perceberam que, se prosseguissem em velocidade, poderiam sofrer um acidente, mas haviam combinado antes que, se fossem alcançados, prefeririam morrer a voltar atrás.

Apesar do perigo, Cláudio, ao perceber que os soldados os alcançariam, gritou para a Bela Flor Lisbonense:

— Eles podem nos alcançar. Mas, se prosseguirmos na fuga, poderemos morrer. Que prefere?

— Siga em frente! Prefiro morrer ao seu lado a termos de viver separados, como eles desejam! - gritou Beatriz.

Instantes depois, a carruagem rolou precipício abaixo, levando, além dos cavalos, os valores em dinheiro, as joias, Cláudio e Beatriz.

Os soldados, que iam no encalço, pararam no local, ainda em tempo de ouvir os gritos de horror do casal e o ruído dos destroços, rolando montanha abaixo.

Tal a vida, tal a morte! Encerrava-se ali a vida de Cláudio e a tumultuada existência física da Bela Flor Lisbonense.

Lamentando o ocorrido, os soldados que os perseguiam trataram de recolher os corpos, e reconduzi-los até Lisboa, onde seriam sepultados.

Enquanto isso, Beatriz, já fora do corpo físico, mas ainda ligada a ele por laços energéticos, tentava desesperada reanimá-lo. Cláudio por sua vez, como se estivesse acordando de um sonho ruim, ao perceber que o corpo físico se encontrava estraçalhado, entrou em desespero.

Enquanto os soldados tratavam de procurar, espalhadas pelo mato, moedas e joias, para guardá-las em seus próprios bolsos, Beatriz e Cláudio passaram a ouvir uma gritaria ensurdecedora, e logo chegava mais de uma dezena de desencarnados, liderados por Armando.

Exibindo exacerbadas deformações no perispírito e demonstrando fisionomias odientas, romperam violentamente os laços energéticos que prendiam Armando e Beatriz aos corpos físicos e, assim como chegaram, desapareceram, levando-os na escuridão da própria consciência.

Foram muitos anos de horror nas zonas umbralinas, convivendo com entidades perversas e revoltadas. Contudo, de vez em quando, aproveitavam pequenas tréguas para um fortuito sono reparador. As tréguas eram provenientes de vibrações amorosas, das preces feitas por algumas pessoas dentre as que foram por eles ajudadas.

Sofria assim a Bela Flor Lisbonense, para mais tarde, no lugar e tempo certos, segundo a justiça divina, reaparecer no cenário do mundo, onde teria que viver os efeitos das próprias causas.

Em algumas circunstâncias, a mulher que arruína a existência de outras pessoas usando a beleza do corpo físico, destruindo lares e abusando das faculdades genésicas, a exemplo de Beatriz, é aconselhada pelos espíritos superiores a um renascimento em corpo masculino, para aprender a reajustar os sentimentos. E o homem que tenha se comportado conforme o exemplo do personagem Cláudio, é estimulado a renascer num corpo feminino.

Se, porém, o espírito vinha há séculos reencarnando no mesmo sexo, o fato de ter que viver num corpo morfologicamente contrário aos seus sentimentos não deixa de ser, para ele, uma amarga experiência. Todavia, não se trata de um castigo pelos erros cometidos, mas sim, um meio eficiente de educação íntima, no caso em referência aos sentimentos e à sexualidade, para que, doravante, o indivíduo aprenda, pela dor moral, a respeitar a si mesmo e aos outros.

Embora não seja o real objetivo, é comum o reencarnante, nessa inversão, fazer a opção pela comunhão afetiva com alguém do mesmo sexo. Há, porém, em raríssimos casos, os que prefiram, embora experimentando os ditames da lei de causa e efeito, depurar os seus sentimentos, empreendendo um grande esforço para amar por igual a toda a Humanidade, desenvolvendo o sentimento de caridade e, com ilimitada doação, passam a viver tão somente para servir, o que os leva a estabelecer no íntimo uma paz.

Fazemos, entretanto, um destaque aos espíritos que optam de livre e espontânea vontade por essa inversão, quando se tratam de seres bastante evoluídos. Na condição de missionários, preferem assim para facilitar a sua missão, dedicando-se por inteiro ao cometimento do que foi planejado pela espiritualidade maior, e os espíritos que, já tendo adquirido grande experiência vivendo num sexo, preferem, por uma questão evolutiva, renascer no outro, para consolidar a aprendizagem que, juntamente com a depuração dos sentimentos, induz o ser a amar não apenas nas condições manifestadas no amor conjugal, maternal, paternal, fraterno... Mas, sobretudo, universalmente. Nesses casos específicos, não se registra a homossexualidade, por se tratar de mecanismos acionados pela lei de evolução, visando o amor na sua mais pura feição.

* * *

Facilitando o entendimento sobre os mecanismos da lei de causa e efeito, vejamos uma síntese dos fatos da história da Bela Flor Lisbonense, relacionada ao presente.

Eusébio, que, dentre os desafetos reencarnados de Márcio, foi quem desencadeou a mais acirrada perseguição, desde que o conhecera na escola de medicina em Lisboa, era o mesmo espírito que viveu como Armando, um militar disciplinado e corajoso, mas que, intimamente, ocultava algumas fragilidades, que davam ensejo com bastante facilidade à influenciação e à falta de estabilidade sentimental. Por estas razões é que, ao contemplar a beleza física de Beatriz, deixou-se arrastar por uma paixão doentia. Além de cometer covardemente um crime, acabou suicidando-se.

Virgílio, apesar de saber da paixão de Armando pela Bela Flor Lisbonense, não resistiu aos seus encantos e pouco se importou com os sentimentos do companheiro de farda, atitude que o conduziu à própria morte. Ao identificar o espírito que vivera como Beatriz num corpo masculino, a chama de traidora, achando que Beatriz havia preparado a cilada que culminou com a sua morte. Ligado a Márcio pelo sentimento de vingança, passou a acompanhá-lo onde quer que ele fosse. Assim é que, entrou com ele na casa espírita, sem saber onde estava indo, descobrindo o seu ledo engano, o que facilitou a sua remoção para ser auxiliado.

Marconi, que, perdidamente apaixonado por Beatriz, deixou-se acometer de profunda tristeza depois que sofreu a agressão de Armando, e que, em vez do apoio e da solidariedade dela, como esperava, viu-a rindo gostosamente enquanto ele sofria a injustificável agressão, entregou-se ao desespero que lhe tirou o gosto pela vida e acabou se suicidando. A exemplo de Virgílio, ele se encontrava ainda preso à vida material, como se ainda vivesse no corpo físico. Conduzido aos trabalhos mediúnicos do grupo de Moisés, recebeu pela mediunidade de Márcio os necessários esclarecimentos, e preferiu se preparar na espiritualidade para uma nova existência.

* * *

À proporção que Márcio lia a psicografia do espírito, transmitida através da amiga Erotildes, compreendia com mais clareza as leis da reencarnação e de causa e efeito.

Já era madrugada, e a chama fosca do candeeiro exalava uma fumaça que lhe ardia os olhos. Mas, mesmo assim, não desejava parar de pensar e raciocinar, para descobrir sobre cada um dos personagens na atual existência. Depois de um breve descanso das vistas, voltou à leitura.

* * *

Porcina, a empregada da mansão, única pessoa, além do mestre Irineu, que conseguia prender a atenção de Beatriz e ser ouvida em seus conselhos e orientações, inclusive as alusivas à prática da caridade que, quando colocada em ação, afigurou-se na única forma positiva da Bela Flor Lisbonense, é a mesma personalidade espiritual reencarnada como Cecília, a primeira pessoa que teve o ensejo de apoiar e orientar Márcio, quando ele deixava a sua cidade, e, posteriormente, em Belém do Pará, livrando-o da ideia do suicídio.

* * *

Márcio parou de ler para descansar a vista e, enquanto isso, ficou conjeturando:

— Onde se encontram Doroteia, Gisela e Lordello?

Pensou, pensou, mas curioso, voltou à leitura:

* * *

Doroteia, que até receber a rica gratificação do casal Gisela e Lordello vivia isolada, escondendo-se por se sentir ultrajada pelo menosprezo de Fernão, ao ter nas mãos o alto prêmio em dinheiro, mudou de temperamento. Instalada numa bela casa, passou a conviver apenas com os empregados. Poderia dar fim à solidão que se deixara arrastar se fizesse amizade e usasse um pouco de fraternidade para com as pessoas, mas o seu estado de amargura e um injustificável preconceito por quem não tinha a pele clara e, ainda mais, a pouca importância que dava ao comportamento da filha, justificando que a responsabilidade cabia apenas ao casal que a adotou, encontra-se atualmente com o nome Erotildes, reencarnada num corpo de cor negra, sem direito a receber o espírito Beatriz como filha, e desenvolvendo a simples função de faxineira para sobreviver. Mas, apesar de tudo, se portando com dignidade e servindo em nome da caridade, por meio da mediunidade. Notamos, no entanto, que o amor que sente por Márcio, como se fosse à primeira vista, justifica a ligação espiritual de ambos.

* * *

Ao saber que a boa amiga teria sido a sua mãe, Márcio sentiu-se emocionado e muito satisfeito. Depois de alguns minutos repassando as lembranças, desde o dia que a conheceu na estação férrea, voltou novamente aos escritos.

* * *

Gisela e Lordello, que tanto fizeram para adotar Beatriz, não propriamente por amor, mas sobretudo por interesses escusos, abandonaram-na desde cedo dentro do próprio lar, mesmo tendo conhecimento do comportamento moral não recomendável, receosos de que ela provocasse um escândalo, já que se encontrava revoltada por haver descoberto os motivos reais da sua adoção. São identificados nessa atual existência como Mariângela e Anselmo, que, na cidade de Bragança, interior do Pará, receberam por meio da reencarnação o mesmo espírito da filha adotiva Beatriz, na pessoa de Márcio. Ainda assim, ao descobrirem os problemas ligados à sua sexualidade, desprezaram-no mais uma vez, movidos por preconceito.

* * *

Márcio sentiu profundamente, ao saber a verdade sobre os seus pais. Compreendeu, no entanto, que não era ele, na condição de filho, que precisava deles. Mas eles, os pais, que necessitavam da sua colaboração para o desejável soerguimento.

— Bem - disse ele -, falta uma pessoa que foi muito importante na vida de Beatriz - a minha vida: Cláudio! Estará ele reencarnado, ou se encontra ainda na espiritualidade?

Mesmo com o sono vencendo-o, voltou à leitura.

* * *

Cláudio, a única pessoa que amou Beatriz e por quem ela, pela primeira vez, assinalara amor no coração, renasceu em Lisboa, numa família tradicional ligada ao governo do país. Embora Cândida seja dotada de sensibilidade tendente para o lado positivo da vida, e também de uma invejável inteligência, sofre muito e não consegue sequer um momento de paz, mesmo que passageira, por causa do repúdio por parte dos seus familiares, auxiliados por desafetos desencarnados, em referência à sua sexualidade. Ela é um espírito com sentimentos masculinos, vivendo num corpo feminino. Apenas a vivência da vida anterior justifica a atração que ela exerce sobre o jovem médico, e vice-versa, da mesma forma de quando viveram como Beatriz e Cláudio.

* * *

— Meu Deus! É verdade! - exclamou Márcio, convicto. - Por isso é que a amo tanto! Bem que poderíamos prosseguir vivendo juntos, já que sentimos tanto amor um pelo outro - falou a si mesmo, sentindo profundas saudades.

E prosseguiu raciocinando:

— Bem, agora ainda faltam três: o pai de Beatriz, a minha doce e amada irmã... E o outro? Ah! É o Francisco! Se ele renasceu como filho de Erotildes, deve ser porque tem com ela alguma ligação.

Voltou os olhos aos escritos, mas a página havia terminado, e nada constava sobre as três pessoas. Apenas um comentário feito pelo espírito Salusiano:

* * *

O mundo funciona como um palco, onde os atores, que somos todos nós, assumem um a um os seus papéis.

Os atores nem sempre escolhem, eles mesmos, os seus papéis. Algumas vezes eles são escolhidos, de acordo com a capacidade de cada um, para que a encenação tenha um melhor aproveitamento.

Nem sempre escolhemos os nossos papéis durante os preparativos para a reencarnação, papéis que serão encenados no palco do mundo, pois eles são os efeitos das causas perpetradas em existências anteriores. Enquanto fazemos a nossa encenação, estamos paralelamente escrevendo no "livro da vida" a nossa história, para logo mais, na próxima existência, seguirmos o roteiro da nova peça.

Nosso novo papel, a ser interpretado no palco do mundo, estará de acordo com o que escrevermos dia a dia no "livro da vida" - ou da consciência, na presente encarnação. E quando será esse novo papel? Na próxima existência, ao nascermos novamente.

* * *

O dia estava clareando. Márcio recostou a cabeça no travesseiro e dormiu serenamente. Embora tomasse conhecimento dos desatinos praticados na existência anterior, acabava de encontrar a razão pela qual, renascera com a inversão sexual, que tanto desejava saber, o que acabou incentivando-o ainda mais a servir, amando ao próximo como a si mesmo, para aprender com mais profundidade a amar a Deus sobre todas as coisas, como disse um dia Jesus, o sublime governador do planeta Terra.

13

Trabalho e união

Não há progresso sem trabalho, como não há força sem união.

Dizzi Akibah

Márcio se encontrava na sala, colocando alguns medicamentos na mala e cantarolando uma canção portuguesa que aprendera com Cândida. Erotildes se aproximou.

— Vai viajar, meu menino?

— Sim, eu vou a Bragança, à procura dos meus pais. Acho estranho não terem dado respostas às cartas que enviei. Mesmo que eles me faltassem com atenção, estou certo de que Cíntia não esqueceria de mim. E por falar nela, não havia nos escritos do espírito qualquer referência sobre ela, Fernão, o pai de Beatriz, e também sobre Chico! Olha, Chico! - falou, chegando na porta do quarto. - O espírito esqueceu de mencionar o seu nome!

— Espere com paciência. É possível que você mesmo descubra. Do contrário, ele dirá alguma coisa a respeito - comentou Erotildes.

Márcio seguiu direto para a estação férrea. Comprou a passagem e, como tinha que aguardar o horário, sentou-se num banco.

— Mãe, esqueceu de contar a ele que a senhora conheceu os seus pais? - questionou Francisco.

— A minha língua estava coçando para falar, mas felizmente eu raciocinei em tempo de compreender que, nesse momento, isso não o ajudaria em nada.

Instantes depois que Márcio havia se acomodado no banco, viu um senhor idoso, de cabelos brancos como a neve, andando lentamente pelo outro lado da estação. Levantou-se rapidamente e tomou a frente do idoso, fazendo-o parar.

— Como vai o senhor? Sinto-me muito alegre em revê-lo!

— Quem é você, moço?

— O senhor se lembra do vagão que cedeu para servir de abrigo...

Nem terminou de falar e o ancião estendeu a mão, sorrindo:

— Oh! Por onde andava todo esse tempo? Conseguiu o que tanto queria?

— Sim, senhor! Aproveito esse reencontro para externar a minha gratidão. Talvez o senhor nem avalie a importância daquele abrigo improvisado, em um dos momentos mais difíceis da minha vida. Se o senhor ou um dos seus familiares precisarem de um médico, estarei à disposição. A consulta será sempre sem nenhum custo.

O velhinho abraçou-o contente, e disse visivelmente emocionado:

— Gosto muito de você, meu jovem! Não só gosto como o admiro muito! Nem sempre a gente consegue revelar os sentimentos, em determinadas circunstâncias! Está me compreendendo?

— Sim, estou.

Ele se referia ao fato de tê-lo desalojado do pequeno espaço, onde eram guardados os materiais de limpeza. Agiu dessa maneira não só por causa do preconceito, como o próprio Márcio imaginou, mas por levar em consideração, sobretudo, a maledicência de outras pessoas. Por ele, teria ajudado Márcio naquele momento de grande dificuldade. No entanto, temendo demasiadamente as más línguas, acabou praticando um desserviço à ação da caridade.

* * *

Dois dias depois, Márcio retornava de Bragança. Erotildes sem dificuldade leu, na sua fisionomia, o que ele sentia interiormente e, como não gostava de deixar para depois o que achava que podia falar, perguntou:

— Não os encontrou, não é verdade?

— Sim. O pior é que todos os conhecidos informaram que os viram pela última vez antes de se mudarem para Belém! Não imaginei que eles tivessem vindo residir aqui na capital. Estou pensando em buscar informações nas escolas. Cíntia deve ter estudado em uma delas. Assim será mais fácil encontrar o endereço, se for verdade que vieram morar aqui...

— É verdade sim, meu menino. Eu conheci os seus pais e a menina Cíntia, uma linda boneca!

— Conheceu-os onde?

— Sente-se aqui, meu menino doutor, que eu vou contar tudo!

Narrou detalhadamente, e concluiu se desculpando:

— Não escrevi isso na carta porque, longe como você se encontrava, nada poderia fazer, a não ser se preocupar.

— Ninguém sabe para onde foram?

— Saíram sem que ninguém notasse.

— Hei de encontrá-los.

Depois disso, Márcio, de posse da carta que lhe fora dada pelo embaixador, se apresentou numa repartição federal em Belém, mas pediu que o colocassem numa função qualquer, porque não pretendia trabalhar como médico na condição de funcionário. Foi sugerido que ministrasse aulas na universidade, que já havia sido fundada, mas ele não aceitou, porque tomaria grande parte do tempo que ele pretendia dedicar ao socorro dos mais necessitados.

Levando em consideração, também, o ensinamento de Jesus de "fazer com a mão direita o que a esquerda não veja", sua intenção era não se tornar conhecido no meio social, para evitar alarde com o seu nome, em relação à assistência que planejava prestar como médico, gratuitamente, entre as pessoas mais simples.

Quando chegou à casa, para um breve descanso, já tinha ideia do que faria para sobreviver.

Com o dinheiro que economizara em Lisboa, ampliou o espaço da morada de Erotildes, que ficou com quatro quartos e um salão ao lado, para atender às pessoas que por acaso o procurassem, uma vez que preferia ele mesmo ir a elas.

Durante o tempo da reforma da casa, aprendeu com Francisco a fazer vários tipos de artesanato. Empolgou-se de tal maneira que mudou o seu pensamento em relação ao salão, que passou a ser, depois de pronto, um centro artesanal. Ele e Francisco ensinavam a arte às pessoas que se encontravam sem atividade. No turno da tarde, ele caminhava pela periferia da cidade, visitando os casebres à procura de pessoas doentes.

O começo do tratamento se dava usando a mediunidade de cura, e prosseguia receitando medicamentos, quando ainda havia necessidade. Mas recomendava, sobretudo baseado nas lições luminosas do Evangelho, uma mudança de comportamento, pois já compreendia que desequilíbrios morais como ódio, tristeza, revolta, ciúme, sentimento de vingança, ressentimento e outros, desequilibram o corpo somático, levando-o ao estado doentio, enquanto que a alegria, a paz, a amizade, a fraternidade funcionam como antídotos em favor da saúde.

Um ano após seu retorno, o salão já funcionava nos moldes

de uma cooperativa. As peças artesanais eram expostas à venda lá mesmo e também nas ruas de Belém. Àquela altura, Márcio já se tornara muito conhecido entre as pessoas mais carentes, que o tratavam de doutor milagreiro, ao que ele sempre retrucava:

— Não existem milagres, conforme se pensa. A palavra dá apenas uma ideia do que ainda não é conhecido.

Achando pouco o que fazia, Márcio passou a sair da área urbana e trilhar por caminhos ásperos na zona rural, levando o socorro amoroso aos doentes, não só do corpo físico, mas principalmente da alma, deixando por onde passava a luz do amor, por meio de esclarecimentos baseados nos exemplos do Divino Mestre.

Inicialmente, ele saía com o dia ainda amanhecendo e retornava no começo da noite. Depois, passou a pernoitar em qualquer lugar onde recebia um convite. E assim, foi ficando cinco, dez e às vezes até quinze dias. Embora soubesse do perigo que corria, caminhando por difíceis trilhas mata adentro, por causa de animais ferozes e índios que ainda não tinham contato com a civilização, afirmava para si mesmo:

— Não tenho tempo de ter medo!

Entretanto, não tardou a entrar em apuros. Certa vez, sem saber para onde estava indo, se aproximou de uma aldeia. Apesar de alguns índios já terem contato com a civilização, eles eram, na sua maioria, bravos, quando se sentiam ameaçados, mas mansos, pacíficos e bondosos para quem ganhasse a sua simpatia. Matavam sem qualquer constrangimento, se se sentissem ameaçados.

Ele seguia uma rota por dentro da mata, quando ouviu um ruído bem junto aos seus pés. Era uma flecha atirada por um índio, que notou a sua presença. Pegou e examinou-a, percebendo que havia nela uma coloração avermelhada. Não teve dúvida de que se tratava de veneno. Certo de que havia invadido involuntariamente um território indígena, preferiu não prosseguir. Contudo, ao dar os primeiros passos de retorno, outra flecha caiu novamente junto aos seus pés. Continuou andando e, mais adiante, um índio de forte compleição tomou-lhe a frente, apontando a flecha em sua direção.

Ele, sem saber o que fazer, ajoelhou-se no chão. O índio se aproximou lentamente e passou a observá-lo, como se tentasse descobrir algo além do que via. De repente, fez um gesto que Márcio compreendeu como uma ordem para levantar. Em seguida, o guerreiro apontou com a flecha na direção da trilha que deveria seguir. Depois de mais de duas horas de caminhada, com Márcio na frente e o índio atrás, sempre apontando a flecha, chegaram à aldeia, e o visitante foi imediatamente levado à presença do cacique, um dos poucos que já haviam mantido contato com a civilização. Quando menino, tinha ele o hábito de fugir da aldeia e seguir direto para um povoado, alguns quilômetros dali, e lá permanecer junto às crianças, até que alguém da aldeia o levasse de volta.

Sem perda de tempo, ele perguntou-lhe:

— Que deseja aqui?

— Paz entre todos! - respondeu Márcio.

— Eu, cacique, manda que fique de pernas amarradas até prova.

Um cipó bastante grosso foi enrolado nas pernas de Márcio. Um a um, os índios foram saindo do local. Uma indiazinha de cerca de cinco anos, porém, todo momento colocava a cabecinha por trás de um arbusto, dava uma risadinha e desaparecia. A noite chegou e Márcio já sentia dores nas pernas. Tinha os pés inchados por falta de circulação... Enfim, o cacique se aproximou e ele, sem perda de tempo, falou:

— Sou médico. Doutor que cura feridas... Doenças... Dor.

O cacique saiu e, instantes depois, dois índios colocaram junto a ele um índio doente, cuja aparência dava a impressão de que estaria morto. Compreendendo aquela atitude como um desafio, o médico encostou o ouvido na altura do coração do doente. Constatando que ainda se encontrava vivo, fechou os olhos, estendeu as mãos sobre ele, orou com fé e muita vontade de curar o sofrimento do doente.

Surpreso, percebeu pela primeira vez, com bastante nitidez, através da vidência, espíritos portando luminosidade que, a exemplo dele, também estenderam as mãos sobre o índio. Bastante admirado, Márcio passou a ver ondas energéticas de tonalidade verde fluindo das mãos das entidades espirituais e que, ao tocarem no corpo do enfermo, tomavam a tonalidade azulada. Essa bela contemplação aconteceu em apenas alguns minutos, mas o suficiente para a recuperação do enfermo.

Os espíritos se acercaram de Márcio, e um deles, que era o velho amigo Salusiano, disse-lhe a sorrir:

— Percebo o seu gesto de surpresa, mas saiba que já estamos há muito contigo. Siga em frente com fé e confiança, porque existe muito a fazer.

Márcio, deslumbrado, quase se esqueceu do doente, pensando no que acabara de ver. Deu-se conta do que havia feito, com o auxílio dos espíritos, ao ouvir os gritos de alegria dos índios comemorando, ao seu modo, a cura do companheiro.

De repente o cacique, acenando com as mãos, falou algumas palavras de ordem e, num instante, a algazarra deu lugar ao silêncio, onde se ouvia apenas o ruído do vento nas árvores e o canto dos pássaros noturnos. O cacique se aproximou, desenrolou o cipó das pernas do médico e disse-lhe:

— Se desculpas forem aceitas, amizade... Aqui! - falou, batendo com a mão, fortemente, na altura do coração.

— Desculpas aceitas, sim! Peço, no entanto, que me liberte, porque outros doentes me aguardam.

— Filho da luz, tem permissão, e terá proteção de guerreiro, acompanhando passo a passo, onde for.

Chamou-o de filho da luz porque, mesmo sem ver os espíritos, registrou a claridade da luz deles emanada, através de indícios da vidência que começava timidamente a aflorar.

Márcio ficou sem saber o que fazer. Queria voltar para casa, mas além da escuridão, sabia que um guerreiro indígena jamais contraria a ordem do seu cacique. Estaria em qualquer situação ao seu lado, para defendê-lo, conforme fora instruído. Cheio de dúvidas, Márcio perguntava-se qual seria a reação do índio, ao chegar à cidade, um ambiente para ele desconhecido.

Mais tarde, o cacique ofereceu-lhe uma rede trançada com cipós. Márcio, apesar do local onde se encontrava, dormiu calmamente. No dia seguinte, ao nascer do sol, o cacique acordou e foi falar com Márcio:

— Filho da luz, pode deixar aldeia, guerreiro protege.

Logo que entraram numa das ruas de uma comunidade que era assistida pelo médico, achando que ele estaria em perigo, algumas pessoas tentaram se aproximar, mas foram repelidas com as ameaças do índio, que apontava a flecha, decidido a atirá-la se alguém tocasse no médico.

Márcio então segurou a flecha com firmeza e apontou-a para o chão. O índio Abiá compreendeu, mas mesmo assim, bastava alguém tentar se aproximar que ele apontava a flecha e mantinha-a nesta posição, até que o médico novamente a pegasse e apontasse para o chão. Eram os primeiros indícios de compreensão, para uma possível amizade.

Assim é que Erotildes, ainda à distância, vendo-o chegar acompanhado do índio portando arco e flecha, exclamou assustada:

— Meu Deus! O meu menino está em grande perigo!

Mas ao saber do que se tratava, tranquilizou-se. Ainda sorrindo, foi à sala e voltou curiosíssima, com um envelope na mão:

— Toma, é uma carta!

Márcio segurou o envelope, leu o nome da remetente e sorriu

de contentamento. Abriu rapidamente e leu, também curioso, as notícias ocorridas depois que ele saiu de Portugal.

Dizia Cândida, dentre outras coisas, que a sua vida se tornara mais sossegada, em relação aos familiares, desde que assinara os documentos referentes à herança deixada pela mãe. Com isso, ela mesma tinha em seu poder um valor muito grande em joias e dinheiro, muito além das suas reais necessidades, se quisesse viver o resto da sua existência sem qualquer atividade.

Mais à frente ele leu: "Não estou morando com a minha família. Poderia ter comprado uma bela casa, mas já que a saudade pela sua ausência é muito grande, para rememorar toda a alegria que vivi ao seu lado, comprei o casarão e estou residindo nele. Ocupo o mesmo quarto que você usava. Espero, antes de terminar esta existência, ainda viver um pouco ao seu lado, se for esta também a sua vontade.

"Já ia me esquecendo de algo muito importante. Eusébio me procurou amistosamente, confessando-se arrependido de tudo o que fez contra você. Ele vinha sofrendo muito com o assédio de algumas entidades espirituais e então eu o conduzi ao grupo de Moisés. Agora, já se encontra bem melhor."

Márcio ficou exultante de alegria com a notícia do seu desafeto que buscava a reconciliação, e falou para si mesmo:

— Gostaria que isso se desse pessoalmente, para encerrar com um abraço todo esse conflito, que já dura uns duzentos anos.

A partir de então, Márcio passou, além das suas longas caminhadas, a ir frequentemente à aldeia, onde era muito bem tratado e respeitado por todos. Contudo, quem mais tocou fundo o seu coração foi Akimã, a indiazinha que o observava quando ele esteve lá pela primeira vez, e que acabou se afeiçoando de tal maneira que, quando Márcio chegava, ela não saía da sua companhia.

Já Abiá, o índio, cerca de seis meses depois, conquistou, com o seu jeito corajoso e prestativo, a simpatia de Erotildes, de Francisco e também das dezenas de pessoas que eram visitadas por Márcio, e que gostavam da presença do índio. Embora o achassem muito sério, ele não conseguia esconder a natureza branda e a constante gentileza.

14

Momentos inesquecíveis

A esperança ameniza as aflições. Mas é o amor que estabelece a paz desejável.

Dizzi Akibah

Numa manhã de quinta-feira, Márcio e Abiá seguiram juntos para a zona rural, onde passariam mais um dia servindo em nome do amor. Depois de uma longa caminhada, chegaram à casa de Dodó, que era uma espécie de caboclo do mato e ermitão, porque vivia sozinho na sua choupana, bem no seio da mata, local onde Márcio já havia pernoitado algumas vezes.

Dodó sentia muita alegria de ser guia do médico no seio da selva. E, na ausência dele, visitava sempre as pessoas, por longe que fosse as suas casas, para saber quem estava precisando de ajuda. Desde que Márcio chegara pela primeira vez na sua casa, sentiu por ele muita simpatia. Dodó, cujo verdadeiro nome era Adolfo, tratara-o, por sua vez, como se já o conhecesse há muito tempo.

Na noite daquele mesmo dia, conversando na área da casa, Márcio perguntou a Dodó:

— Você não tem vontade de morar na cidade, em outras condições de vida?

— Até que já pensei nisso. Mas, não sei por que, existe algo que parece me prender aqui vivendo sozinho! E já estou acostumado com o canto dos pássaros, com os bichos que vivem por aqui, rodeando a casa... Este silêncio parece me aproximar mais de Deus. Olha, doutor! Eu não sei nenhuma oração, porque não tive quem me ensinasse. Meu pai era índio e a minha mãe, que foi aprisionada por ele, morreu quando eu tinha doze anos. Mas o que sinto quando contemplo as flores e, principalmente, os animais alimentando as suas crias... A noite com o céu cheio de estrelas... É a minha oração, doutor! Se vivo sozinho, acho que só Deus sabe o porquê. E o senhor, doutor, conhece muitos lugares, não é?

— É verdade, Dodó! No Brasil, não. Mas conheci Portugal, e estive até na China!

— Portugal? É a primeira vez que alguém me fala nesse lugar. A não ser em sonhos, porque volta e meia acabo tendo sonhos morando nesse lugar. Parece tanto verdade, que me vejo vestido com roupas bem diferentes, e vejo também o mar! Lá tem mar?

— Tem, Dodó. Prossiga, estou curioso!

— Quando eu acordo, chego a estranhar aqui a minha casinha, esse lugar... Aí fica aquela impressão, dias e dias, na minha cabeça. Que ilusão!

— Dodó, é possível que você já tenha realmente vivido lá.

— Mas como, se eu nasci foi aqui, dentro dessa mata?

— É assim. Mesmo passando pela morte, a alma permanece viva, porque ela é criada por Deus. E Deus não criaria uma vida para acabar definitivamente! Está compreendendo?

— Já que é Deus que cria... Acredito.

— Mas para a alma despertar e chegar à sabedoria... Cultivar os bons princípios... Outras tantas qualidades positivas tem a alma, que dispor do tempo de uma só existência física, mesmo que fosse até a velhice, não seria o suficiente. Assim, ela renasce! Isto é, ganha um novo corpo e chega como criancinha, para ter a oportunidade de aprender e praticar muitas coisas que ainda não conhece, e tantas outras que deixou por fazer.

— Então os sonhos...

— Estes seus sonhos, Dodó, podem ser lembranças do passado, quando você provavelmente viveu naquele lugar.

— Meu Deus! Eu acho então que é isso! Eu nunca contei a ninguém. Mas, doutor, eu não vejo essas coisas, apenas em sonho. Eu me lembro delas e, quando você chegou aqui, era como se eu já lhe conhecesse. Não pela sua fisionomia. Mas pelo que senti.

Dodó, embora não soubesse ler e o jeito de falar fosse característico do verdadeiro caboclo, sabia se expressar sem embaraços. Assim é que, a partir daquele dia, quando Márcio chegava, Dodó já tinha um roteiro certo.

* * *

Ao ver Márcio chegando com Abiá, Dodó foi logo falando:

— Chegou mais cedo hoje! Isso é bom, porque ontem descobri, do outro lado do riacho, uma casinha onde mora um casal. Ele... dá pena de se ver o tamanho do sofrimento! E além da doença, não fala coisa com coisa! A sua mulher disse que já faz muito tempo que ele vive assim, mas que agora piorou. Isso se ainda não morreu...

— Vamos, então, Dodó?

Depois de caminharem durante duas horas, por dentro da mata, avistaram a casinha.

— É ali - disse ele, apontando com o dedo.

Aproximaram-se. Márcio, sem compreender o porquê, sentiu um forte aperto no coração. Entretanto, tentando se reequilibrar, passou a observar a frente da casa, com muitas flores, aparentemente, bem cuidadas. Bem junto à porta, um pé de jasmim, cujo perfume o fez lembrar-se da sua mãe, porque era esta a sua flor preferida. Tudo era quietude.

Dodó então interrompeu o silêncio:

— Sou eu, Dodó, que estive aqui ontem e prometi trazer o doutor!

— Já vou! - falou uma voz feminina.

Márcio sentiu então o coração acelerar.

— Meu Deus! Essa voz me parece muito familiar!

Nisso, a mulher se aproximou. A roupa que vestia estava cheia de remendos, que se destacavam por causa das diferentes cores. Quando ela chegou até a claridade da porta, Márcio empalideceu.

Ela, por sua vez, olhou para ele e desviou o olhar. Olhou de novo e depois fixou o olhar, mas notando que ele havia percebido, se retratou inibida:

— Desculpe-me, doutor! A sua presença, aliás, os seus olhos, lembram-me uma pessoa muito querida do meu coração... Faz tanto tempo... Já perdi até a esperança de revê-lo antes de morrer - disse, com os olhos cheios de lágrimas.

Márcio estava a ponto de explodir. Mas, se o fizesse, poderia estragar tudo o que foi fazer ali, que era ajudar o doente. Lembrou-se primeiro de Jesus e, em seguida, pediu aos espíritos que o ajudavam no trabalho de socorro que o amparassem, pois o que ia fazer dependia muito do seu equilíbrio interior.

— Pode entrar, doutor! - disse ela, ainda olhando para ele. - Anselmo está muito mal.

Márcio entrou no quarto e, não fosse a ajuda dos amigos espirituais, se deixaria conduzir pela forte emoção. Fechou os olhos e, vendo pela clarividência os espíritos a postos, lembrou-se de Maria, a mãe de Jesus, e orou com muita fé:

— Senhora, mãe de Jesus, rogo neste momento de provação e

dor a sua misericórdia, não permitindo que este nosso irmão deixe o corpo físico na situação em que se encontra. Sabe mais do que todos nós que ele precisa viver um pouco mais na matéria, o tempo suficiente para compreender e tentar sanar em si mesmo as mazelas que o levaram ao estado em que se encontra. Oh, Maria! A história, repleta de erros, enganos e sofrimentos, vem de longe, mas precisa ter um fim. E que este fim seja o começo de uma nova vida para todos nós, que nos encontramos até agora ligados pelas correntes do ódio, da vingança e das mais profundas incompreensões. Não peço só por ele, mas também por estes que o assediam, cuja ligação doentia traz o desespero, a demência e a dor moral. Rogo aos seus pés!

Terminou a prece, mas prosseguiu de olhos fechados. Um, dentre os espíritos que o ajudavam, se aproximou de Márcio e tranquilizou-o:

— Ele tem condições de se restabelecer. Contudo, não deve permanecer aqui, por causa dos miasmas que infestam o ambiente. Os espíritos, também doentes, irão conosco e serão internados para o necessário tratamento. Compreendo a sua emoção. Contudo, seja sensato e ponha o amor na frente das suas palavras. Não simplesmente na feição filial, mas acima de tudo universal. Que Deus abençoe este raro momento, que não deixa de ser um marco, onde se encerra uma etapa para ter início outra, que poderá ser bem melhor para as suas vidas.

Acenou e seguiu com os outros. Márcio abriu os olhos e viu Anselmo percorrendo, com o olhar, todo o ambiente. Em seguida, olhou para Dodó, para Abiá e, voltando-se para Márcio, perguntou olhando para a esposa:

— Quem é ele?

— É o médico que Deus nos mandou para curar você.

— Parece que de repente acordei de um pesadelo de muitos anos.

Voltou a olhar novamente para Márcio, e falou:

— Seus olhos me lembram um filho que desapareceu no mundo, por causa da minha ignorância. Do meu orgulho! Por isso, logo me veio como tortura o arrependimento tardio, que me tirou toda a vontade de viver. Hoje, se eu merecesse, pediria apenas a Deus que não me deixasse morrer sem pedir perdão ao meu filho!

Márcio ajoelhou junto à cama, segurou as mãos emagrecidas de Anselmo e disse entre lágrimas:

— Está perdoado, meu pai. Eis aqui o seu filho!

Não obstante a fraqueza física, Anselmo sentou-se na cama e segurou Márcio pelo pescoço, em pranto.

Mariângela, não suportando a emoção, exclamou a toda voz:

— Meu filho! Meu filho! Perdoe também a ignorância da sua mãe! Eu disse que não deixaria nunca de amar você. Não menti, Márcio! Continuei amando-o e sofrendo por esse amor, por causa da sua ausência. Tantos anos sem notícia!

— Deus certamente não me guiou até aqui apenas para perdoá-los, mas para trazer o amparo amoroso para que possam, daqui em diante, viver em paz.

— Vou levá-los comigo! Agradeçam a Deus por essa morada, mas procurem o quanto antes esquecer não só dela, mas também de tudo o que nela aconteceu.

E assim, deixaram para trás o casebre, as dores morais do arrependimento tardio e a pobreza extrema.

Anselmo ia carregado por Dodó e Abiá, e Mariângela, que se encontrava também bastante debilitada, se apoiava em Márcio, que de quando em vez carregava-a. Seu corpo estava leve... raquítico! Quando saíram da mata, Márcio, ansioso para saber da irmã, perguntou:

— Mãe, e a Cíntia?

— Fui forçada, pela situação em que nos encontrávamos quando saíamos de Belém, a deixá-la ir para Manaus, com um pastor da nossa igreja. Ele e a sua esposa prometeram cuidar bem dela, como se fosse uma filha. Inclusive, pagar todos os seus estudos.

— Ele deixou o endereço?

— Ele prometeu que, ao chegar a Manaus, escreveria. Mas as circunstâncias nos forçaram a vir morar nesse lugar tão longe, e eu não podia sair, deixando Anselmo sozinho, porque há muito ele vinha alimentando a ideia do suicídio. Não fosse a minha constante vigilância, certamente...

— Esqueçamos todo esse passado ruim. Quanto a Cíntia, assim como Deus me guiou a essa mata, para encontrá-los, certamente me guiará para encontrá-la, onde quer que esteja.

Depois da longa caminhada, chegaram. Anselmo e Mariângela foram acomodados no quarto de Márcio. Logo Erotildes, prestativa e amorosa, lembrou-se de algumas roupas que usava antes de engordar e estavam guardadas, na esperança de emagrecer. Cheia de satisfação, pegou-as, se aproximou de Mariângela e foi logo falando, antes de cumprimentá-la:

— Devem ficar um pouco folgadas, mas por enquanto...

Mariângela olhou assustada para Erotildes.

— A senhora?!

— Não a cumprimentei para ver se me reconheceria. Eu gostaria muito de dar um abraço de boas-vindas!

— Eu estou na casa da senhora?!

— Sim! Nesta casa que é, ao mesmo tempo, minha e do seu filho.

— Meu Deus! Que destino é esse?

— É o que nós mesmos traçamos. Porque Deus nos dá a vida, mas somos nós que escolhemos os nossos caminhos. Aquieta o seu coração, filha de Deus! Logo, logo o menino Márcio contará tudo! Agora deve se banhar, se alimentar bem e ir para uma cama limpinha, cheirosa e confortável, para um longo sono reparador. Quando acordar, terá as respostas para as suas interrogações.

No dia seguinte, quando Mariângela acordou, antes de qualquer outra coisa foi procurar o filho. Estava ansiosa para conversar com ele, mas Márcio, antes do sol nascer, já havia saído para visitar os seus pacientes nos casebres da periferia da cidade. Próximo ao meio-dia, quando retornava, viu a mãe sentada numa cadeira, na frente da casa. Estranhou o isolamento, mas preferiu ouvi-la, para saber como estava se sentindo.

Ao vê-lo, Mariângela levantou-se de vez e abraçou-o carinhosamente.

— Oh, filho! Já estava me sentindo saudosa. Aguardei toda a manhã aqui fora, propositadamente, para perguntar algo que está me preocupando: você sabe, Márcio, onde realmente se encontra?

— Estou na casa de dona Erotildes, uma das mais belas pessoas que conheci fora da minha família.

— Então você não sabe?! Essa mulher é espírita! Eu a conheço, desde quando viemos morar aqui em Belém.

Ele abraçou-a novamente e respondeu sorrindo:

— É possível que seja por isso mesmo que me dou tão bem com ela.

— Você?!

— Oh, mãe! É um conceito errado, que foi criado por quem ainda não se deu ao interesse de observar melhor, e acaba se arvorando em ajuizar o que ainda lhe é desconhecido. Essa doutrina tem salvado muita gente de situações vexatórias e guiado muitos para uma vida moral mais sadia, conforme Jesus sugeriu. Os seguidores da doutrina espírita se dedicam tanto aos outros!

— Mas você se lembra, Márcio, quando o pastor da nossa igreja afirmava que tudo isso era movido pelo demônio?

— Não, mãe! É por Jesus. Demônios nada mais são do que almas que já viveram num corpo físico, como nós mesmos, e ao perdê-lo, em vez de se voltarem para Deus como Pai e também para Jesus, como nosso orientador maior, prosseguem praticando o mesmo mal de antes. Dou um exemplo: meu pai está praticamente curado porque as causas da sua doença foram afastadas. Eram espíritos desorientados que usavam a sua energia e passavam para a sua mente seus pensamentos. Por isso é que, às vezes, ele parecia estar sofrendo das faculdades mentais. Afirmo que não o curei com os recursos que a medicina me confere, mas como médium espírita. Servi de instrumento para que espíritos iluminados procedessem a cura. Sossegue o seu coração, mãe querida!

Diante da firmeza e da bondade expressas por Márcio, Mariângela rendeu-se. Respirou fundo e falou, ensaiando um sorriso de satisfação:

— Oh, meu filho! Como é bom tê-lo perto de mim, assim com tanta sabedoria. Vou sossegar o meu coração, porque compreendi que não devo relutar no propósito de defender como verdade apenas o que pude conhecer e compreender até agora. Penso que a verdade não se restringe apenas a um rótulo religioso, como eu pensava antes.

Ela fez uma pequena pausa, olhou para o filho e, percebendo que ele se encontrava bastante surpreendido com o que ouvia, tratou de explicar:

— Só quando a dor moral ou física nos alcança, é que nos vem o verdadeiro arrependimento das atitudes impensadas que adotamos, provindas do radicalismo que nos faz repudiar o que muitas vezes nos chega na feição de socorro, como ocorreu comigo mesma, durante os dias que ficamos hospedados na residência de Hosvaldo, amigo de Anselmo, quando Nair, sua esposa, gentilmente me falou dos novos conhecimentos adquiridos na doutrina espírita, que eu repudiei. Por isso, fiz-me ingrata, dando-lhe as costas como agradecimento pelo bem que ela tentava me proporcionar. Mais tarde, desdenhei a ajuda de Erotildes, desacreditando erradamente, nela, por causa da sua atividade simples de faxineira.

— Mãe, a verdade, assim como a semente, precisa das condições necessárias para germinar, e a dor é uma delas. Por isso, agora vejo você mais aberta para novos conhecimentos e possíveis mudanças para melhor.

Mariângela aproveitou uma pequena pausa feita pelo filho e voltou a falar:

— Por isso é que, a partir de agora, peço que você, filho, com o coração assim cheio de bondade e a mente, além de iluminada, repleta de sabedoria, me ajude, me apoie e me conduza! Sei que de você só o bem virá.

Dias depois, via-se Mariângela e Anselmo, cheios de interrogação, sentados no salão doutrinário do centro espírita, aguardando o início da reunião. Não se encontravam dispostos a deixar para trás a religião cultuada há muito tempo, todavia os novos conhecimentos, como sementes postas no terreno fértil, estavam fadados a florescerem e frutificarem, ensejando uma nova visão sobre a vida, como um dom de Deus.

Ao ser anunciado o nome do palestrante, foi uma grande surpresa, não só para Mariângela e Anselmo, mas também para Cecília, que não havia associado o nome do médico ao do amigo Márcio.

O tema da noite era "Não julgue, para não ser julgado", o que Márcio desenvolveu com muita profundidade, recebendo a inspiração do velho amigo Salusiano.

Terminada a reunião, ele se dirigiu à amiga:

— Cecília, por acaso você se esqueceu do Márcio?

— Então você é o doutor Bastos?!

— Venci, Cecília! Com a ajuda de Deus e de alguns amigos, entre eles você, cujo amor fraterno jamais sairá do meu coração.

15

Corações em festa

A alegria dimana, originalmente, da consciência tranquila.

Dizzi Akibah

Como vivemos num mundo de formas e fenômenos, frutos das criações mentais da criatura humana, nada ainda é definitivo. Mesmo quando aparentemente satisfeitos, sentimos que falta algo a ser realizado ou melhorado.

Assim é que Márcio, àquela altura, sentia-se satisfeito com tudo que havia realizado, entretanto, duas coisas o deixavam inquieto: a ausência da irmã e a distância que o separava de Cândida. Gostaria muito de parar todas as suas atividades e sair à procura da irmã, até encontrá-la. Porém, dada a responsabilidade, já que a presença dos pais fez as despesas aumentarem, mandou construir, mesmo contra a vontade, pois não havia planejado sobreviver da medicina, uma pequena sala, ao lado do salão, para servir de consultório médico.

Os pacientes, que passaram a procurá-lo, pagavam o valor equivalente às próprias possibilidades, ou nada. Nas consultas pagas, Márcio não usava a mediunidade. Quando percebia que o paciente precisava de um tratamento espiritual, ia depois até a sua casa e orientava.

Depois disso, com a situação financeira um pouco mais equilibrada, avisou a Erotildes e a seus pais que passaria alguns dias fora. Imaginaram que ele se recolheria em uma praia, ou em casa de uma família amiga na zona rural, mas não. Márcio seguiu para Manaus. Do seu pensamento, não saía a imagem da irmã Cíntia, que deixara quando saiu de Bragança, há mais de catorze anos. Antevia a emoção do reencontro, se isso realmente viesse a acontecer.

Mas, apesar de todo esforço, depois de dez dias de procura, conseguiu apenas a informação de que o religioso que se responsabilizara por Cíntia havia morrido, e que a sua esposa Margarida teria retornado para São Paulo, onde residia antes de ir para Manaus. Sobre Cíntia, não conseguiu qualquer informação que lhe servisse de pista para encontrá-la. Retornou sem ter conseguido o que desejava, mas não permitiu que fenecesse a esperança de tê-la de novo junto ao coração.

Quando ele entrou em casa, Erotildes, que estava na expectativa da sua chegada, foi à sala e entregou-lhe uma folha de papel escrita:

— Essa é a primeira surpresa - disse sorrindo.

Ele pegou o papel e leu: "Natália, a única amiga de Beatriz, filha bastarda de Lordello, que se casou com Fernão, reencarnou como filha de Mariângela e Anselmo. Agora ela se chama Cíntia."

Márcio exclamou, cheio de surpresas:

— É por isso que eu gosto tanto dela! Como a senhora conseguiu essa informação?

— Ora, meu menino! Foi o espírito Salusiano.

— E a segunda surpresa, é boa?

— Espere um pouco!

A velha amiga, que mantinha sempre o bom humor, voltou com a mão para trás:

— Só dou se disser que ainda ama essa negra feia, parecida com uma macaca barriguda.

Márcio gargalhou à vontade. Em seguida, aproximou-se dela e disse, beijando-lhe o rosto:

— Mais, muito mais do que a senhora imagina!

— Agora sim. Toma!

Ele pegou o envelope e, ao ver quem era a remetente, sorriu alegremente. Era Cândida, a quem sinceramente amava.

Dentre outras informações, ela dava conta de que a sua obra de caridade havia sido ampliada em recursos e número de voluntários. E terminou dizendo:

"Estou bem informada de que você terá, em pouco tempo, uma grande surpresa. Não revelo, porém, de que se trata, pois do contrário não causaria o mesmo impacto."

Márcio voltou ao seu labor do dia a dia... Incluiu em seus deveres mais sérios, as suas atividades na casa espírita. Era fim de ano e já se aproximava o Natal. Embora o mundo estivesse vivendo uma das épocas negras da humanidade, com a segunda guerra mundial, Márcio idealizou festejar o Natal.

É certo que a sua família, embora ampliada com Erotildes, Francisco e o índio Abiá, que passou a residir na mesma casa, em cumprimento ao que lhe indicara o cacique, ainda não estava completa, pois faltavam Cíntia e Cândida. Mesmo assim, idealizava organizar uma ceia natalina em família. Todavia, lembrou-se das dezenas de pessoas a que ele prestava assistência, e disse para si mesmo:

— Como posso fazer isso em casa? E eles? Acho que a minha alegria não será completa.

Conversou com sua mãe e ela deu a sua opinião:

— Filho, seria muito difícil uma ceia para tanta gente, aqui nessa casa...

— Isso mesmo, mãe! - falou eufórico, - Aqui não! Mas lá, sim! O problema são os recursos.

— Tenho uma ideia - disse Anselmo, que vinha entrando na sala. - Você pode arranjar isso no comércio, usando o seu prestígio de médico.

— Oh, pai! Não deixa de ser uma boa ideia, contudo não disponho de prestígio algum, nem entre os comerciantes, tampouco com pessoas da sociedade belenense, onde sou totalmente desconhecido. Ainda mais que as pessoas nem sempre estão dispostas a ajudar. Mas, em se tratando da comemoração do nascimento de Jesus... Vamos, a partir de hoje, produzir um cartão de Natal artesanal. Enquanto isso, enviarei cartas para as principais casas comerciais. Mas não usarei o nome de médico...

Dias depois, dezenas de jovens das comunidades carentes vendiam, em prol da festa, os cartões de Natal, algo bem diferente do tradicional. Era uma pequena peça de madeira talhada, exibindo em relevo um presépio, e contendo a tradicional frase "Feliz Natal e próspero Ano Novo".

Na segunda quinzena de outubro, Márcio começou visitar as casas comerciais que haviam dado uma resposta positiva referente às suas intenções. Dentre elas, se encontrava a loja onde havia trabalhado, tendo sido humilhado e demitido. Pensou, pensou e resolveu ir até lá.

Anunciado, subiu os degraus da escada e Moreira, que há muito tempo fazia doações, recebeu-o com entusiasmo:

— Oh, doutor, é uma satisfação! Estou sabendo do trabalho caritativo que você vem prestando às comunidades mais carentes. É raro encontrar uma pessoa de formação acadêmica com esse sentimento.

Márcio ficou surpreendido com o tratamento do comerciante e pensou:

— Como ele sabe que sou médico?

Mas logo veio a resposta:

— Ah, sim! - prosseguiu Moreira, ainda mais empolgado. - Quero parabenizá-lo pela bela palestra no centro espírita! Sem exagero, me senti gratificado, porque ainda não tinha ouvido alguém falar sobre aquele tema com tanta clareza.

— Agradeço ao senhor, e tomo as suas palavras apenas como incentivo.

— Doutor, que quantia devo doar, para ajudá-lo?

— Ao invés de dinheiro, gostaria que o senhor escolhesse entre gêneros alimentícios não perecíveis, ou presentes simples... O que mais lhe convier.

João, que conservava a mesma fisionomia amarga, ao ouvir falar em doação, ao que era avesso, levantou-se da cadeira onde se encontrava sentado, pediu licença e falou, se desculpando:

— Eu já volto. Vou lá embaixo tomar um remédio, porque estou sentindo uma forte dor de cabeça.

— Essa sua dor de cabeça, João, só vai passar quando você tomar consciência...

— De novo com essa conversa não, Moreira! - interrompeu indelicadamente.

— Doutor, você não é daqui, estou certo? - perguntou o ex-patrão de Márcio, cheio de curiosidade.

— Sou paraense, mas não nasci aqui em Belém. Mas... seu Moreira, o senhor me conhece!

Ele pegou uma lupa, pôs em frente ao olho, olhou e, depois, respondeu:

— É. Você pode estar certo. Mas eu não me lembro de tê-lo visto antes!

— Fui seu empregado. Trabalhei atendendo os clientes, até quando o seu João me demitiu...

— Oh, Deus! Então você é o Márcio! Como você é admiravelmente determinado. Parabéns! Conte-me como conseguiu chegar a isso!

A conversa prosseguiria, se não fosse interrompida por um dos empregados da casa:

— Seu Moreira, corra aqui, porque o seu João está passando mal!

Márcio desceu junto e, sem perda de tempo, estendeu as mãos sobre o sócio de Moreira. Em oração, pediu aos amigos espirituais que o ajudassem. Ele não se dava conta de que, em determinados casos, a exemplo deste, não havia a necessidade de ocupar os espíritos, pois impulsionado pelo amor, o fluxo energético que fluía pelas suas mãos, além de inundar o corpo da pessoa beneficiada, se espalhava por todo o ambiente. Mas ainda confiava mais nos amigos espirituais do que nele mesmo.

Depois de alguns minutos, João já estava se sentindo bem. Márcio segurou as suas mãos, ajudou-o a levantar-se. Convicto de que se tratava de hipertensão, fez algumas recomendações referentes a uma mudança de alimentação, e concluiu:

— Procure sempre manter-se calmo. A melhor maneira de conseguir isso é não dar importância, além do necessário, às coisas. Tentar manter a paz sempre. Se ainda não a registra no íntimo, busque na sua origem, que é o próprio Deus.

— Quanto lhe devo, doutor, pelo socorro?

— Absolutamente nada! E se precisar de mim... - falou, dando-lhe seu endereço.

Márcio se despediu e saiu bastante alegre, não simplesmente por ter ajudado ao ex-patrão, mas principalmente por provar a si mesmo que não havia mais em seu íntimo qualquer vestígio de ressentimento.

Logo que Moreira ficou a sós com o primo e sócio, aproveitou para relembrar o que já vinha falando há muito:

— Ora, João! Ainda bem que eu falo quase todos os dias para você ter calma com a vida! Aguenta subir a escada?

— Se eu não aguentar, você, que se demonstra tão bondoso, fará a caridade de me carregar - alfinetou.

Ao se acomodarem no escritório, Moreira voltou ao assunto:

— Agradeça a Deus pelo seu mal-estar acontecer coincidentemente na hora em que o médico aqui se encontrava. Acho que você é um homem de sorte!

— Escuta, Moreira, esse médico é o que estão chamando lá pela periferia de milagreiro?

— É! Mas ele não concorda com isso, por saber que não existe milagre do jeito que o povo imagina.

— Acho que não é exagero do povo! Eu pude comprovar que há algo realmente diferente nele. Logo que despertei do desmaio, passei imediatamente a sentir um bem-estar... Além de a dor ter passado, senti muita paz e alegria íntima. Admirável! Só a sua presença já significa um milagre! Até que enfim, Moreira, chega alguém aqui em Belém com tanta bondade no coração. Coisa rara!

— João, você o conhece! Só está esquecido.

— Eu nunca o vi antes.

— Eu não sei profetizar. Mas de quando em vez acerto. Lembra-se, cerca de treze ou catorze anos atrás, quando tive uma conversa com você... Foi bem assim: "É melhor não humilhar o rapaz, porque ele está determinado a estudar medicina. Quem sabe você um dia venha a precisar dele?" Lembra que eu disse isso a você? O povo diz, com muita sabedoria, que o mundo dá muitas voltas, João!

— Lembro sim, mas nada tem a ver com essa pessoa. Nem se compara!

— Tem, sim! O doutor Bastos é aquele mesmo rapazinho que você demitiu da loja, dizendo que o nome dele deveria ser, em vez de Márcio, Márcia!

— O quê?! Por favor, nem me diga isso!

— João, é a pura verdade: Deus escreve certo em linhas tortas.

— Eu preferiria não ter sabido disso! É como se eu recebesse uma trombada da própria vida!

— Não, João! Isso é apenas Deus nos ensinando a respeitar mais uns aos outros. Por mais diferente que alguém possa parecer, não deixa de ter virtudes. Esse rapaz... eu notei nele, desde aquela época, que se tratava de uma pessoa muito boa e por demais inteligente! Quem diria? Chegou aqui, sem ter onde morar, dormindo num banco da estação férrea... Hoje é médico! Não é impressionante?

— Ainda bem que ele não me reconheceu. Do contrário, não teria me socorrido.

— Um grande engano! Ele já chegou me chamando pelo nome e falou que havia trabalhado aqui. João, nem sempre as pessoas são como nós pensamos. A aparência engana! Só os que ainda se identificam com a mesquinhez e a maldade é que escolhem a vingança, no lugar do amor.

— Você acha que seria bom eu pedir desculpas a ele?

— Nem pense nisso! Se ele precisasse desculpar você, não sentiria vontade de prestar socorro. Tem bondade demais no coração para fazer questão de desculpas. Se você está realmente arrependido, perdoe-se!

* * *

Poucos dias depois, o salão anexo à casa de Erotildes estava repleto de gêneros alimentícios e de presentes para serem distribuídos na noite do Natal. Mais de dez mulheres, inclusive Erotildes e Mariângela, embalavam os presentes e preparavam as cestas de alimentos para as pessoas carentes. Nos corações, pairava uma doce alegria. Eram as vibrações oriundas das altas regiões espirituais, em gratidão a Jesus pelos bens imortais que ele legou à Humanidade.

Nessa vibração de branda alegria e satisfação profunda pelo que estava fazendo, Márcio passou a meditar sobre a sua vida presente, comparando-a com a anterior. Concluiu estar vivendo bem melhor, na atual existência, do que na personalidade de Beatriz.

De repente lembrou-se de Cândida, e o seu coração agitou-se. Uma saudade incontida tomou-lhe o íntimo, e se expressou com entonação de oração:

— Deus! Prometi a mim mesmo que amaria a todos por igual. No entanto, estou sendo conduzido pelos meus próprios sentimentos a falhar nos meus propósitos, pois o que sinto por Cândida é algo que nem o tempo e nem as desventuras conseguiram fenecer. Entendo que isso não é ainda a felicidade nos moldes que se acredita, em relação à convivência íntima das pessoas, já que, mesmo ao seu lado, isso não se dará. Entretanto, Senhor, eu peço: deixa-nos amar assim mesmo, nessa inversão em que nos identificamos. Certamente estamos preparando o cenário para que a próxima existência não seja uma simples encenação, mas uma manifestação da pura verdade, sob os auspícios de Jesus, o mestre de todos nós.

— Triste, meu menino? - perguntou Erotildes, passando a mão carinhosamente sobre os cabelos de Márcio.

— Não. Estava meditando um pouco.

— De uns dias para cá, vejo-o calado, todo para dentro... Algum problema que eu possa ajudar a resolver?

— Não! São coisas do coração. Mas logo passam.

— Não vai almoçar?

— Mais tarde! Agora eu vou ao porto. Está chegando um navio de Portugal e eu preciso ver um amigo. É um marinheiro português que conheci num grupo espírita, em Lisboa.

Sua intenção era pedir ao amigo que levasse duas encomendas, uma para Moisés e a outra para Cândida. Tratava-se de dois livros, dentre os primeiros psicografados por Chico Xavier.

Chegou ao Porto no momento em que o navio acabava de atracar, e ficou aguardando os passageiros desembarcarem, para em seguida procurar o marinheiro. De repente, sentiu que alguém passava a mão suavemente pela sua cabeça e, ao virar-se, deparou-se com os dois olhos azuis da cor do céu que tanto admirava...

Lábios ensaiando um sorriso... Doce alegria de raro momento! Soltou a voz numa exclamação, externada entre a emoção e a explosão da alegria, que antevia, mas que jamais imaginara fosse naquele dia:

— Cândida!

— Sim, Márcio, sou eu mesma. Surpreso?

— Oh! Mas como não?

— Eu sou a surpresa de que falei.

— Que bom! Passará o Natal conosco?

— Não só esse, mas todos que me forem permitidos por Deus.

— Então...

— Sim, Márcio! Vim para ficar, a não ser que você não me aceite.

— Não há ventura maior do que poder estar junto de você, Cândida! Só uma coisa me preocupa: sei das suas origens em relação a esta existência, das possibilidades materiais que você tem, do conforto e das facilidades. Aqui não tenho isso para oferecer a você. Resido na casa de uma senhora, na periferia da cidade, com os meus pais, um índio e com o filho deficiente desta senhora. Esta é a minha família, agora ampliada contigo, se não reparar na simplicidade...

— Que mais desejo, além de estar ao seu lado?

* * *

Erotildes e Mariângela conversavam na frente da casa, quando Anselmo se aproximou cheio de alegria.

— Ora, seu Anselmo - falou Erotildes -, quando alguém ri sozinho, o povo diz que pode estar perdendo o juízo, ou muito feliz! Eu acho que essa última possibilidade é o seu caso.

— Conta logo, Anselmo, o que deixou você assim tão alegre! - interveio ansiosa Mariângela, e concluiu: - Faz tanto tempo que não o vejo sorrir assim!

— Arranjei um emprego!

A euforia da boa notícia foi interrompida por Erotildes:

— Olhem para lá! Vem coisa aí, meus irmãos! - falou, cheia de surpresa, ao ver Márcio e Cândida descerem de um transporte, cheios de bagagem.

— É Márcio! E quem é aquela? Parece que vem de muda!

— Eu acho que é a menina portuguesa, que estava deixando-o todo saudoso!

Mariângela e Anselmo se entreolharam e os pensamentos convergiram.

— Márcio gostando de uma moça?!

Aproximaram-se, e Márcio fez as apresentações. Sentindo os olhares interrogativos, tratou de amainar:

— Cândida é uma amiga a quem estimo de todo coração. Ela veio para morar aqui em Belém. Eu gostaria muito que ela ficasse aqui mesmo, nessa casa, conosco. O que a senhora acha, dona Erotildes?

— Meu menino, percebo que ela é uma pessoa de fino trato! Aqui não há conforto e você sabe como somos simples. Se ela não reparar a nossa pobreza... Menina portuguesa! A porta da casa está aberta. Mas a do coração dessa velha negra já está escancarada!

— Será uma grande alegria!

Abraçaram-se demoradamente. Era preciso aproveitar estes raros momentos, porque aquela existência, para eles, afigurava-se como a curva de uma estrada, onde nunca se sabe o que está para vir.

Cândida havia feito, antes de deixar Lisboa, um pedido de transferência de parte da sua herança para uma instituição financeira do Brasil.

Quando chegou o Natal, da antiga casa de Erotildes já não havia qualquer vestígio. Em menos de dois meses, foram construídos mais dois andares, com quatro compartimentos. Desde que fosse para o bem de todos, Erotildes aceitava tudo que propunham.

Mas havia na sua mente uma preocupação: era Francisco. Já idosa, ela temia pelo futuro do filho, por ser deficiente físico. Era natural que assim pensasse, afinal, era mãe! Contudo, nem sempre precisamos nos afligir, como disse Jesus: "Para que se preocupar com o dia de amanhã? Não basta a cada dia o seu próprio labor?"

— Como se sente agora, residindo nessa casa tão grande e confortável? - perguntou Márcio, que acabava de entrar na sala ao lado de Cândida.

— Este, meu menino, é o melhor tempo da minha vida! Sei que não mereço, entretanto, a misericórdia do Divino Senhor tem se condoído dessa negra feia - falou, já gargalhando, e foi acompanhada por Márcio e Cândida.

— A senhora não gostaria de viver num recanto mais silencioso, com menos gente?

— Só se fosse para morrer de tédio!

— Já que se encontra satisfeita, queremos convidá-la para ir assinar a escritura da sua nova casa.

— Não, meus filhos! Eu não tenho esse direito! Não construí nada, a não ser aquele velho barraco que você mesmo conheceu! Desculpem, mas não posso assinar esse documento.

— Então, o Chico assina! Concorda?

— É uma doação ao meu menino Chico?

— Sim. Nós certamente não ficaremos a vida toda morando aqui. Meus pais, da mesma forma, terão a sua própria residência...

— E eu - interrompeu Erotildes -, que já estou mais perto do que longe de ir-me embora para...

— É isso! A casa será o amparo dele, pois são quatro moradias, num só prédio. Ele poderá alugar e se manter sem problema.

— Então está certo. Para ele, eu aceito.

Era o dia dezenove de dezembro. Cândida e Márcio acordaram muito cedo.

— Você vai conhecer hoje, bem no seio da mata, um amigo de que gosto muito. Depois da longa caminhada, chegaram ao abrigo de Dodó, que notou as suas presenças antes mesmo de chegarem, por causa da intuição bastante aguçada.

— Senhor Deus! Mas como é, doutor, que se embrenha no mato com essa moça, que dá pra ver que é gente fina da cidade?!

— Dodó, essa é Cândida! Você acertou ao afirmar que ela é da cidade. Mas não se preocupe. Ela já está acostumada a se movimentar por caminhos mais ásperos, com pedregulhos que machucam apenas os pés. Pior é quando se machuca o coração!

— Compreendo o que você fala, doutor. É o sofrimento da ingratidão, da vingança e tantos outros.

— Me lembrei dos seus sonhos e a trouxe aqui, porque ela é portuguesa, nascida em Lisboa.

— Moça de fino trato...

— Me chame de Cândida. É o meu nome!

— Sim, Cândida. Eu queria saber se lá, em algum lugar do país, existe um local chamado Praça do Forte. Não repare a pergunta. Eu tenho de quando em vez... sonhos e umas visões que me chegam como se fossem lembranças. Há poucos dias, eu estava bem ali, sentado embaixo daquela árvore e, de repente, comecei a me sentir longe... Depois me vi numa praça que parecia muito antiga. Durante essa visão, eu tive a impressão de que o local se chamava Praça do Forte. Mas não demorou e acabei vendo algo apavorante. Uma explosão! E em instantes o fogo se espalhou e destruiu tudo! O pavor foi tamanho que, quando voltei desta visão, me dei conta de que estava ali sentado. Senti o coração disparado e as mãos trêmulas, como se aquilo estivesse acontecendo naquele exato momento. Não sei se é apenas coisa da minha cabeça ou...

— É realmente coisa da sua cabeça... Digo, da sua memória, porque a Praça do Forte existe e tem uma história de muitos conflitos de guerra. Além disso, por volta de 1732 ela foi totalmente destruída por um incêndio, causado pela explosão de um paiol de pólvora, depois de ser atingido por um raio. Entretanto, ela continua existindo, pois foi totalmente reconstruída.

— Conforme temos conversado, Dodó - interveio Márcio -, você deve ter vivido por lá e está lembrando das coisas mais fortes que marcaram as passagens da sua encarnação na época. Bem, a conversa está boa, mas qual é o nosso roteiro hoje, Dodó?

— Doutor, felizmente esta é primeira vez que eu faço as minhas visitas e não encontro ningém precisando do senhor.

— Me trate apenas de Márcio. Bem, Dodó, nós viemos aqui, hoje, também para fazer um convite: que você comemore a noite do Natal conosco.

— Festa! Eu, com essa roupa de mateiro?![4]

— Não se preocupe! Eu vou arranjar uma roupa bem bonita para você, e venho buscá-lo.

Era dia vinte e dois de dezembro, e a festa de Natal já estava quase toda organizada, numa comunidade de pessoas muito carentes. Pela manhã, depois do café, Cândida se aproximou de Erotildes, falando com bastante ternura.

— Quero que venhas comigo, pois eu tenho um presente para Chico. Certamente ele vai gostar muito!

Márcio acompanhou-as.

— Chico, eu quis adiantar esse presente de Natal, convicta de que será um bom divertimento.

Francisco olhou para dentro da caixa e não se conteve:

— Um rádio! Eu nem sei como agradecer!

— Melhor mesmo é não saber, porque não é preciso. Mas isso

---

4 Lenhador. (N.E.)

não é tudo! Vem por aí uma surpresa que pode mudar a sua vida!

— Não quer me dizer logo do que se trata?

— Se eu falar, deixa de ser surpresa.

Dali, Cândida seguiu com Márcio para o porto.

— Fiz uma encomenda e deve estar chegando hoje. É um presente para o Chico.

— Outro?!

— Não vou dizer de que se trata!

Esperaram quase duas horas até o navio chegar. Márcio estava impaciente para saber de que se tratava.

— Quem é o portador, é o marinheiro Abreu?

— Não, é outro.

— Eu trouxe um livro, que seria remetido para Moisés. Mas não creio que o Abreu tenha vindo de novo, em tão pouco tempo.

— Pronto, Márcio! - falou ela alegremente. - Está vindo ali a minha encomenda.

Márcio percebeu que se tratava de uma bagagem bem pesada, mas o que o deixou perplexo foi o portador.

— Meu Deus! - falou com os olhos arregalados. - Eu não acredito no que vejo!

— Bem-aventurados os que não veem e acreditam, disse Jesus, e você, mesmo vendo, não quer acreditar? É ele: Eusébio!

Eusébio abraçou delicadamente Cândida e, em seguida, se posicionou em frente a Márcio. Ambos se encontravam nervosos, por conta do relacionamento entre eles, que era dos piores.

— Creio, doutor Márcio - falou lento, medindo as palavras -, que está surpreso ao me ver aqui. Não é um acaso do destino, porque aprendi que somos nós quem moldamos em nós mesmos a criatura humana que desejamos ser. No entanto, há circunstâncias que se originam do nosso proceder, que nos levam à prática do bem ou do mal, e permanecemos nessa inconstância até buscarmos um novo despertar. Lembro-me de quando me procurou em minha casa e que, ao abrir a porta, vi-o ajoelhado, pedindo perdão. Naquele momento, eu o achei ridículo, porque era eu quem maltratava você! Eu ainda não havia compreendido que trazemos do passado, para o presente, resquícios do que praticamos. Agora, sabendo disso, mesmo que seja você, hoje, a me achar ridículo, me ajoelho diante para pedir que me perdoe.

Parou de falar, já tocando os joelhos no chão. Mas Márcio segurou as mãos do colega médico e respondeu com toda sinceridade:

— Levante-se, porque nada tenho a perdoar. Apenas proponho que encerremos tudo isso de uma vez por todas. E que a sua presença aumente a nossa alegria, durante a festa natalina que estamos terminando de preparar. Saiba que, para nós, tê-lo como amigo é um dos mais valiosos presentes de Natal!

Momentos depois Erotildes, que se encontrava na janela da casa, chamou Mariângela:

— Vem ver! Está chegando mais um! Quem será dessa vez?

Eram os desafetos de outrora, que aos poucos deixavam-se tocar pelas lições do Mestre da Galileia, apagando com o amor o ódio do passado.

Vinte e quatro de dezembro, véspera do Natal. Márcio acabara de sair com Eusébio, Cândida e o índio Abiá, para buscar Dodó, conforme prometera.

Na casa em silêncio, ouvia-se só o som do rádio, vindo do quarto de Francisco. Mas logo ouviu-se a voz de Francisco:

— Mãe! Dona Mariângela! Venham aqui, rápido!

As duas entraram rapidamente no quarto, e Francisco então falou;

— Acabei de ouvir! Eu ouvi, dona Mariângela! Tenho certeza que ouvi!

— Ouviu o quê, Chico? Fala!

— O nome da sua filha no rádio! Depois o nome da senhora, do seu Anselmo e também de Márcio!

Mariângela sentiu um tremor nas pernas.

— Meu Deus! Que seja ela mesma! Será o meu maior e melhor presente de Natal!

Instantes depois, ao ouvir um outro anúncio, dando conta de que Cíntia estava à procura dos seus familiares, Mariângela soltou um grito de alegria!

Anselmo, que acabava de chegar para o almoço, ao tomar conhecimento, deu meia-volta:

— Vou procurá-la!

Chegou à estação de rádio, mas foi informado de que ela esteve um bom tempo esperando, mas já havia saído. Como já estava na hora de voltar ao segundo turno do trabalho, ele deixou o endereço da residência para ela, caso retornasse, e saiu do local desapontado e entristecido.

A festa por pouco não perdeu a alegria. Mariângela, Anselmo e Márcio estavam realmente abatidos. Cândida, ao perceber, tratou de amainar:

— O mais importante é que ela se encontra aqui em Belém. Hoje não dá mais tempo. Mas amanhã percorreremos todas as hospedagens da cidade, e certamente a encontraremos. Agora, por favor, vamos fazer uma visitinha ao Chico, porque eu tenho outro presente para ele. Olhem só o que eu mandei trazer de Lisboa!

Erotildes ficou tão emocionada, que Mariângela acabou oferecendo-lhe um pouco de água com açúcar, para acalmá-la.

— Chico - falou Cândida -, comprei pernas novas para você. Só que são quatro. Não andam, mas rolam! Agora você vai poder ir aonde quiser!

Francisco olhou para a cadeira de rodas, depois para a mãe e, por último, para Cândida:

— Não saberia nunca como agradecer. Apenas... apenas...

Não concluiu o que pretendia dizer, porque o choro embargou a sua voz.

As três mulheres puseram-no na cadeira e, pela primeira vez depois que ficou adulto, ele saía do quarto, apesar da dificuldade, sem precisar ser carregado por outra pessoa.

* * *

— Vamos - disse Márcio, apressado -, porque ainda faltam algumas coisas a serem arrumadas para a ceia.

Erotildes estava olhando para o filho, de lá para cá na cadeira de rodas, apesar da dificuldade, imaginando que ele fazia isso apenas pela satisfação que sentia em poder se locomover sozinho. Entretanto, Francisco observava-a, pois percebera que a mãe queria muito acompanhar os outros à festa, porém não desejava deixá-lo sozinho em casa.

— Pode ir, minha mãe! Eu estou muito feliz aqui!

— Não, filho. Tive uma boa ideia! Daqui a pouco Abiá chega, e tenho certeza de que ele empurrará a sua cadeira até o local da festa.

Saíram todos, ficando apenas Erotildes e Francisco.

Meia hora depois, ela ouviu alguém chamando lá fora.

— Pois não, moça. Quer falar com quem? - perguntou, colocando a cabeça para fora da janela.

— Eu gostaria de saber se é aqui mesmo que moram Anselmo e Mariângela!

— Oh, meu Deus! Então você é a menina Cíntia?

— Sim, sou eu mesma!

— Entre, minha menina!

— E os meus pais?

— Saíram. Eu vou preparar um banho e você se apronta, porque nós vamos a uma festa!

— Eu gostaria de esperá-los aqui. Depois então...

— Não precisa, minha menina, porque eles já estão lá.

Cíntia saiu do banho vestida com uma roupa bastante simples para uma festa de Natal, já que as pessoas têm o hábito de vestir roupas novas durante esse tipo de comemoração.

Erotildes ficou observando-a por alguns instantes, e percebeu que tinha o olhar vago... triste.

Era ainda tão jovem. Contudo, a sua fisionomia poderia ser comparada a de alguém que tivesse passado por grandes dissabores. E foi realmente o que ocorreu, desde que deixara a companhia dos pais.

Sensível e bondosa, Erotildes se aproximou e abraçou-a, encostando maternalmente a cabeça da adolescente na altura do seu coração. Depois disse, com muita ternura:

— Minha menina, alegre-se, porque você é o maior presente que os seus pais ganham neste Natal. E quando a gente pode ser um motivo de alegria para alguém, não convém estar triste pelo que já se passou. O que passou, Cíntia, já foi! Alguém está me dizendo que os seus tormentos, a sua saudade, as suas dúvidas sobre o futuro encerram-se hoje.

— Obrigada. Mas a senhora sabe se meu pai se recuperou?

— O que está acontecendo agora, minha menina, prefiro que você veja com os seus próprios olhos, e sinta com esse seu bondoso coração.

Abiá entrou porta adentro e, como se adivinhasse as intenções de Erotildes, foi logo falando:

— Vim para levar amigo para festa!

Em menos de uma hora de caminhada, chegaram ao local. Era um local todo ornamentado, onde se via uma fila enorme de mesas justapostas e forradas com várias toalhas de cores diferentes, doadas pela comunidade. Sobre elas, muita comida! Num recanto, amontoadas, se encontravam dezenas de cestas básicas e presentes para as crianças.

Na outra parte da cidade, onde residiam os mais aquinhoados, ninguém tomara conhecimento daquela comemoração tão simples e tão originalmente bela, porque se dava pela expressão do puro amor ao próximo e pela gratidão a Jesus Cristo pelas lições sábias e luminosas que nos legou, e que se encontram no seu Evangelho.

De tão entusiasmada, Erotildes quase se esqueceu da presença de Cíntia. Mas, ao perceber o seu olhar cheio de interrogação, pediu desculpas e recomendou:

— Fique aqui junto ao Chico. Espere só um pouco, porque eu já volto!

Minutos depois, ela retornava, tecendo com Mariângela e Anselmo comentários sobre a festa, quando foram interrompidos:

— Mãe! Pai!

Era ela, a filha amada do coração! Mariângela rapidamente agarrou-a e fechou os braços, levando-a ao coração há tanto tempo cheio de incontida saudade.

— Minha filha! Você é o melhor presente de Natal que eu poderia receber em toda a minha vida!

Anselmo olhava impaciente, e bastou Mariângela folgar um pouco os braços para que ele a tomasse de vez, abraçando-a ternamente.

— Filha do meu coração, que alegria o seu retorno nos traz!

A emoção começou a ser amenizada, desobstruindo as cordas vocais de Cíntia. Ansiosa para saber sobre Márcio, decidiu perguntar à mãe, mas foi interrompida por alguém que lançou a voz lá do meio da festa:

— Pedimos, por favor, a atenção de todos para ficarmos em silêncio, até ouvirmos a voz do doutor.

— Queridos irmãos! Nos reunimos aqui, onde existem presentes e comida em abundância para todos. Não deixa de ser um motivo de grande satisfação. Mas que esse não seja o principal motivo desta bela e significativa reunião, porque assim perderia a sua real finalidade, que é a de agradecermos a Jesus, o nosso Divino Mestre e amigo, pelo seu nascimento aqui na Terra, para nos ensinar como viver amando a Deus sobre todas as coisas e ao próximo como a nós mesmos.

Fez uma pequena pausa e prosseguiu:

— E neste instante, dirijamo-nos a ele, com o mais sublime pensamento de gratidão.

Depois de alguns segundos de pausa, continuou:

— Mestre da sabedoria, aqui nos encontramos não simplesmente numa festa, motivados pelas coisas externas, mas sobretudo pelo sentimento de gratidão pelo que conseguimos realizar até agora. Estes corações pacificados e alegres não estariam irmanados fraternalmente, não fossem as suas lições luminosas.

"Esta reunião, Senhor, é também um marco na história de alguns de nós, que durante muito tempo estivemos arrastados pelo ódio, pelo procedimento moral não recomendável, pela indiferença e por interesses escusos. Por diversas vezes caímos, e nos enviou, em todas as épocas, através dos seus mensageiros, o socorro necessário, destacando o canto de Francisco de Assis, entoado com a voz do amor, pedindo que onde houvesse o desespero viesse a esperança!

"Com essa mesma esperança, tentamos trilhar sob a claridade, reflexo do seu mais puro amor, os caminhos da paz, da bondade, da fraternidade e da alegria. E hoje, Senhor, aqui reunidos pelo mesmo objetivo, pedimos que nos deixe cantar, com a voz do coração, o hino da gratidão em louvor a sua imensa bondade! E que nos ensine mais uma vez a perdoar, querendo para os outros o que desejamos para nós mesmos! Mas, sobretudo, permite que o amemos do jeito simples que a nossa evolução permite."

Fez mais um intervalo. E em seguida, soltou a voz vibrante e alegre:

— Feliz Natal!

Dentre os mais emocionados estavam Erotildes, Mariângela e

Anselmo, que não continham as lágrimas. Cíntia, que, de onde estava não conseguia ver Márcio, sem ter ainda se situado a ponto de compreender o que se passava, abraçou a mãe e perguntou:

— Quem é esse doutor, cujas palavras tocaram dessa maneira a sensibilidade de todos?

— Oh! Eu esqueci de falar! É Márcio, Cíntia, o seu irmão!

Ela saiu disparada pelo meio do povo. Márcio estava junto de Cândida e de Eusébio, quando sentiu alguém segurá-lo fortemente por trás. Virou de vez e, ao vê-la, apertou-a num abraço tão amoroso, que acabou fluindo da região cardíaca uma energia de cor dourada!

Suspendeu-a e falou cheio de alegria, posicionando o rosto da irmã bem em frente ao seu :

— Só você mesma superaria todos os presentes de Natal! Seja bem-vinda, irmãzinha querida do meu coração!

Ela não tinha palavras. Só sorria. Mas para que palavras, quando os corações se deixam conduzir pela mais doce alegria?

A festa continuou. Os presentes e as cestas básicas foram entregues e, em seguida, eles cearam.

Se Márcio agradecia a Jesus, a maioria daquelas pessoas que ali se encontravam agradecia a ele. Era o amor a todos, por igual, que um dia, num dos piores momentos da vida de Márcio, Cecília soubera receitar para a superação dos percalços morais a que era submetido.

Antes de terminar a ceia, Márcio tratou de reunir as pessoas que ele sabia terem vivido em outra reencarnação, conforme a história da Bela Flor Lisbonense. Logo estavam reunidos os seus pais, Erotildes, Cândida, Cíntia e Eusébio.

— Acho que não falta mais ninguém - disse, olhando em direção a Erotildes.

— Você está querendo fazer o quê, meu menino? - perguntou ela, bastante curiosa.

— Eu quero reunir num só abraço todos nós que vivemos em conflito, naquela existência em Portugal.

— Se é isso, vai procurar o seu amigo Dodó!

— Por que Dodó?

— Eu fui informada, ontem, que nessa reencarnação ele vive desolado dentro da mata, porque naquela mesma existência em Portugal era muito frio para com as pessoas com quem convivia. Não se importava com a amizade, a não ser que se tratasse do seu próprio interesse.

"Além disso, era temperamental, não medindo as palavras, e acabava ofendendo e magoando as pessoas. Na mata onde vive atualmente, está aprendendo, na solidão, a valorizar a amizade e também a perder a arrogância do poder que alimentou como militar, quando foi o pai de Beatriz, o seu pai. Ele é o mesmo Fernão, que acabou casando-se com Natália, a filha bastarda de Lordello, que hoje é a Cíntia."

Bastante surpreendido com a revelação, Márcio saiu rapidamente e, em minutos, já voltava abraçado a Dodó. Deixou-o junto aos outros e, olhando em direção a Erotildes, disse satisfeito:

— Acho que agora não falta mais ninguém!

— Tem mais um. Raciocine, meu menino! Se o espírito Salusiano narrou com tanto detalhe a história da Bela Flor Lisbonense, é porque deve ter presenciado os fatos na época.

— Um outro espírito pode ter narrado antes para ele...

Erotildes fixou o olhar na direção de Márcio e falou sorrindo:

— Ele está bem do seu lado direito. Está me dizendo que se encontrava, sim, reencarnado na época. Ele era conhecido como Irineu - o mestre Irineu, que tentou muitas vezes aconselhar e orientar Beatriz. Ele afirma que as suas deformações físicas nesta última existência originaram-se de um pedido que ele mesmo fizera antes de reencarnar, para melhor educar os sentimentos, passando por uma situação análoga à do filho da mulher pedinte.

O grupo estava reunido, mas antes de Márcio dizer a todos qual era a sua intenção, chegavam ao local Moreira e João, a fim de cumprimentá-lo.

Não tinha informações de que tivessem eles qualquer tipo de ligação anterior, contudo Márcio julgou oportuno incluí-los. Moreira por se tratar de uma pessoa considerada amiga, e João para sanar de vez as diferenças que tiveram no passado, quando prejudicou-o com a demissão do emprego, por puro preconceito.

Márcio puxou a cadeira de rodas de Francisco e, ao se aproximar do grupo, dirigiu o olhar a Erotildes, que logo compreendeu e explicou:

— Ele também! Eu sou culpada da sua deficiência. Permita-me, meu menino, não rememorar isso, porque foi algo muito doloroso, segundo o espírito Salusiano.

Abiá, embora não fizesse parte desta história do passado do grupo, estava muito presente na atual. Por isso, foi também incluído.

Quando começaram a se posicionar, se aproximou, cheia de alegria, Cecília.

— Venha - disse Márcio -, junte-se a nós! Sua percepção a fará entender que você também faz parte desse grupo, que agora tenta, num abraço afetuoso, apagar os últimos resquícios das diferenças do passado com o amor do presente.

Parou um pouco, respirou e logo disse:

— Abracemo-nos todos, com o amor que Jesus nos indicou. Este é o momento em que podemos assinalar a reconciliação, deixando para trás os conflitos que vivemos. Agora, tocados pelo amor, abrandemos as nossas consciências para a pacificação da vida. Que cada um de nós se torne o elo de uma corrente, cuja função não seja apenas a de prender, mas a de unir coração a coração, colocando em prática o segundo mandamento, conforme nos indicou o Divino Mestre: "Amai ao próximo como a si mesmo."

O abraço em conjunto nivelara a todos pelo ato de amar fraternalmente, sem levar em conta as diferença no modo de viver de cada um do grupo, que era composto por Erotildes, servente da limpeza, Dodó, conhecido como caboclo do mato, João e Moreira, comerciantes, Eusébio, Márcio e Cândida, médicos, Francisco, artesão, Mariângela, dona de casa, Anselmo, comerciário, e Cíntia, estudante. Afinal, o que os indentificava naquele momento não eram as nomenclaturas ou os títulos atuais, mas sim o interesse pelo crescimento espiritual.

Eles se encontravam na assimilação do mesmo processo educativo, indicado pela lei de causa e efeito, sob o ditame da justiça divina.

Terminada a festa, Márcio e todo o grupo, com exceção de Moreira, João e Cecília, rumaram para o "Lar da Mãe Erotildes", conforme estava escrito numa plaquinha de madeira na porta de entrada.

Depois de alguns comentários sobre a festa, foram um a um se acomodando para o descanso. Bastante satisfeito, Márcio deitou-se e, antes de ceder ao sono, ficou a pensar:

— Não sei se já estou realmente me ajustando às leis divinas! Mas, ainda assim, Senhor Deus, sinto-me em melhores condições para desencarnar do que no passado, quando vivi na personalidade da Bela Flor Lisbonense. Penso que sairei daqui com a consciência tranquila pelo que pude fazer até agora.

Terminou de falar e adormeceu. Semidesligado do corpo físico, sentiu uma grande alegria ao ver, bem na sua frente, Salusiano.

— Meu filho - disse a sorrir -, pedir a morte é pedir a verdadeira vida. Mas é preciso saber se já merece viver na essência da verdade! Posso garantir que os seus principais erros já foram retificados, pois o amor, como disse Jesus, cobre as multidões de pecados. Assim, o que você tem feito o deixa em boas condições, mas não ainda para pensar em viver na pura verdade do espírito, mas o suficiente para retornar na próxima encarnação em melhores condições. Contudo, enquanto estiver encarnado, mesmo que seja apenas por dias ou horas, continue amando mais, sempre mais, a cada minuto da sua vida! Este é o seu passaporte.

Ele já ia se retirando, mas voltou e disse mais:

— Não se preocupe, meu querido irmão. Quando isso ocorrer, eu estarei entre aqueles que virão ao seu encontro para conduzi-lo aos portais da espiritualidade, conforme o seu merecimento.

Márcio acordou no dia seguinte, lembrando-se perfeitamente das palavras do espírito e, apesar de ter afirmado em prece que estaria pronto para desencarnar, sentia um forte aperto no coração. Sabia, por experiência própria, que esse sintoma antecedia um acontecimento... um novo desafio.

— Seja o que for, eu o enfrentarei sem perder minhas duas maiores conquistas: a fé em Deus e a capacidade de amar a todos por igual - afirmou convicto.

Momentos depois, encontrou-se com Cândida, cujo semblante inspirava paz e alegria.

— Cândida, eu gostaria de saber como você se sente aqui entre nós!

— Sei que não é por merecimento, contudo, a misericórdia do Divino Senhor me faculta essa ventura de estar aqui, não só do seu lado, mas vivendo com pessoas de tão bom coração. Este é o lar que eu nunca tinha experimentado nessa existência! Contudo, não me queixo da família que mereci ter, pois sei que ela é composta pelos meus desafetos do passado, na condição de pai, irmãos... Sofri muito, mas, felizmente, ao deixá-los, já havia experimentado a reconciliação. Bem, voltando ao que falávamos, talvez nem todos aqui estejam tão contentes quanto eu.

— Quem se encontra diferente?

— Notei que seus pais não se sentem muito à vontade aqui. É como se não estivessem no próprio lar. Por isso, estou pensando em comprar uma casa para eles. Tenho certeza de que, agora com a presença de Cíntia, ficarão bem mais alegres.

— Cândida, você tem ainda muito a fazer por pessoas bem mais necessitadas do que os meus pais. Eles estavam vivendo numa palhoça no meio da mata, e têm hoje muito a agradecer a Deus! Mas quem sou eu para julgar o merecimento das pessoas? Se isso a agrada... Confesso-me grato por você querer ajudá-los.

— Agrada muito, Márcio! Inclusive porque o que eu tenho em dinheiro e joias depositados no banco, dá para comprar uma rua completa, na melhor parte desta cidade, e ainda viver até o final da minha existência... Se eu chegar a envelhecer! Realmente não sei até quando estarei aqui. Então é melhor que eu empregue mesmo esse dinheiro em benefício das pessoas que estão precisando. E se eu desencarnar por estes dias? Ficará tudo para os meus irmãos, que, como eu mesma, já têm muito!

Dias depois, Anselmo, Mariângela e Cíntia se instalavam numa casa grande e aconchegante. Cândida dava aos pais de Márcio o amparo de um lar, o que no passado, quando viveu na personalidade de Cláudio e pretendeu criar um lar com Beatriz, lhe foi negado por Lordello, o mesmo espírito que ali vivia reencarnado como Anselmo.

Quando o amor fraterno é despertado pelas vias do perdão, o bem-estar que experimentam os que perdoam e os que são perdoados é de tal magnitude, que acaba colocando-os numa situação psíquica tão especial, que procuram ao máximo a permanência dos seus benéficos efeitos.

Era o que acontecia com Márcio e todo o grupo, destacando-se Eusébio, que ali chegara simplesmente para reconciliar-se com Márcio e depois retornar a Portugal, onde os seus deveres como médico o aguardavam. No entanto, o bem-estar que sentia junto àqueles simples corações agradava-lhe de tal maneira, que foi adiando, adiando... Já haviam se passado seis meses e, durante todo esse tempo, ele se juntara às atividades de Márcio, Cândida, Abiá e Dorivaldo, Dodó, no socorro às pessoas mais necessitadas.

Esse pode ser visto como um passo decisivo para a longa e duradoura caminhada. Entretanto, só quando se consegue compreender as engrenagens perfeitas das leis divinas é que, certamente, o ser humano vislumbrará a luz do amor, emanada da fonte da vida, que é Deus! E, iluminado, alcançará a tão sonhada felicidade. Até que isso ocorra, porém, é de bom proveito assimilarmos os tropeços, os tormentos e os sofrimentos propriamente ditos, como processos educativos, pois só uma educação espiritual aprimorada e refinada dará ao espíritio o passaporte para as regiões menos densas do Universo.

16

Raios de luz

A luz do sol, indispensável à vida, dezfaz as sombras no mundo. Mas só a luz do amor desfaz as trevas da ignorância e conduz à felicidade plena.

Dizzi Akibah

Os raios do sol aquecem a vida,
Os campos se revestem em flor.
A presença divina é sentida
Na manifestação do amor.

Entoando alegremente estes singelos versinhos criados por Dodó, os componentes do grupo, enquanto o sol acabava de surgir, se deslocavam alegremente para externar o amor em forma de bondade e caridade.

Ao chegarem à periferia, Márcio tratou de organizar as atividades daquele dia, vinte e um de outubro de 1942.

— Bem, companheiros! Dodó me avisou que há doentes esperando pela nossa assistência lá na mata. E já que a nossa presença aqui é também indispensável, vou com Cândida ao encontro de Dodó, e você, Abiá, fica aqui com Eusébio, para apoiá-lo no que for preciso. Concorda?

— Filho da luz, na mata, sem proteção de Abiá? - perguntou a toda voz o índio.

— Não se preocupe, Abiá, porque Deus nos protegerá dos perigos! Já estou tão acostumado, que a mata parece ser também a minha casa.

Chegaram à casa de Dodó ainda muito cedo. Ele estava cozinhando aipim e preparando um chá, composto por algumas ervas que, segundo ele, serviam para imunizar o organismo contra algumas doenças.

Ao vê-los, falou cheio de alegria:

— Vamos comer o aipim, tomar o chá e aí seguiremos. São dois locais que vamos visitar. Um é bem pertinho daqui. O outro, porém, está a mais ou menos uma hora de caminhada.

— E aí, Dodó, tem sonhado com o passado? - perguntou Cândida, puxando conversa.

— Depois que compreendi que não são apenas ilusões, tem acontecido muito pouco. Acho que os sonhos eram para eu compreender melhor sobre a reencarnação. Mas agora que não tenho mais dúvida, passei a lembrar do passado como se tudo tivesse acontecido agora.

Fez uma pequena pausa e mudou de assunto:

— Por falar em sonho, eu quero pedir que não andem muito por aí sem Abiá. A mata é surpreendente! Quando menos se espera, topa-se com o perigo! E quando não se sabe o que fazer...

— Por que essa preocupação agora, Dodó? - perguntou Márcio.

— Bem... Como não gosto de mentir, é por causa de um sonho que me deixou com um presssentimento... Acho que não precisa dizer mais nada, né?

— Coincidência, Dodó! Eu também, nesses últimos dias, tenho

passado por essa mesma situação: um pressentimento de algo que não sei definir.

— Então eu estou certo. Tomem cuidado! Até os índios, que têm a mata como o seu lar, de quando em vez aparecem mortos, atacados por feras... picados por serpentes...

E saíram para as visitas programadas. A primeira era uma anciã de mais de oitenta anos, que se encontrava febril. Márcio mais uma vez contou com a colaboração dos amigos espirituais que fizeram aplicação de energia. Logo que a paciente apresentou reação positiva, eles seguiram, deixando-as com alguns medicamentos.

A segunda visita, mais distante, era a um homem ainda jovem, que fora picado por uma cobra, mas antes que o veneno circulasse por todo organismo, foi socorrido pelos índios, que lhe fizeram beber um preparado de folhas que salvou a sua vida. Contudo, o local da picada havia se transformado numa grande ferida. Márcio e Cândida fizeram o curativo e, depois de algumas recomendações, retiraram-se.

De volta, entraram por uma trilha, e Márcio sugeriu:

— Dodó, se você quiser, pode voltar para casa, porque já estamos perto da aldeia...

— Tem certeza de que não precisa da minha companhia? - interrompeu ele.

— Não, vá em paz! - falou.

Voltando-se para Cândida, disse:

— Vamos fazer uma visita ao cacique? Mesmo porque faz tempo que não vejo Akimã!

Akimã era a indiazinha que se afeiçoara de tal forma a Márcio, que certa vez fugiu da aldeia e foi encontrada perambulando pelas ruas de Belém, à procura dele.

— Vamos! - respondeu Cândida, não muito disposta, o que Márcio não percebeu.

Depois de caminharem um pouco, Cândida olhou para trás e

lá estava Dodó, ainda de pé no mesmo lugar. Ao perceber que Cândida olhara para ele, gritou a toda voz:

— Cuidado! Não se afastem da trilha! A mata tem muita surpresa!

— Vá em paz, Dodó! - repetiu Márcio.

A trilha era sempre vigiada pelos índios. Quando se tratava de desconhecidos, eles reagiam de modo a dar segurança à tribo. Mas quando o visitante era amigo, eles não se aproximavam, deixando-o livre. Contudo, a tribo era rapidamente avisada.

Assim, é que o cacique tomou conhecimento de que o Filho da Luz estava se aproximando. Além de gostar muito de Márcio, tinha por ele um grande respeito. Por isso, mandou preparar uma festa com dança e canto para homenagear o amigo. Mas o tempo foi passando e ele não chegava.

O cacique, inquieto, ordenou a alguns dos mais fortes índios que fossem ao encontro dele e de Cândida.

Logo depois que penetraram na trilha, o que ia na frente soltou a voz num grito tão forte, que ecoou mata adentro. Márcio e Cândida estavam caídos na trilha, abraçados, mas inertes.

Os índios rapidamente conduziram-nos até a aldeia.

— Picadas de cobra! - exclamou o cacique.

Realmente eles foram picados por uma serpente cujo veneno era letal. Iam caminhando descontraídos, conversando e rindo alegremente, quando Cândida exclamou:

— Olha, Márcio, que coisa linda!

Era um cacto de folhas compridas e coloridas, preso num tronco.

— Vou buscá-lo! - disse ele, já se aproximando do tronco.

Mas, sem o devido cuidado, foi direto com a mão para arrancá-lo. Cândida percebeu que haviam cobras no local e gritou para chamar a atenção de Márcio. Num só pulo tentou desviar a sua atenção, mas foi tarde. Ele já havia recebido a picada da cobra. Com o susto, ela escorregou e, para não cair, se aproximou do tronco, tentando se apoiar; acabou recebendo uma picada no rosto.

— Fui picado - disse ele.

— Eu também - respondeu ela.

— Todos têm o seu último dia, e este deve ser o nosso, já que não temos qualquer antídoto e, certamente, não alcançaremos a aldeia.

— Pelo menos não estamos fugindo, como na história da Bela Flor Lisbonense - respondeu Cândida.

O veneno, que era letal, aos poucos foi se espalhando no organismo, através da corrente sanguínea.

Ao sentir a visão embaçada e dificuldade para respirar, Márcio sussurrou:

— Não esqueça que eu amo você, Cândida!

— Também amo você... profundamente! - as palavras foram procunciadas com a voz arrastada.

Ainda assim, ela passou em seguida a ouvir os sussurros de Márcio:

— Então, seguiremos juntos, pois onde há amor, jamais haverá separação.

Segurou a mão de Cândida e ela abraçou-o, falando:

— Quero estar sempre assim... contigo!

Foram suas últimas palavras, mas continuou ainda ouvindo o que Márcio sussurrava:

— Deus, Pai da vida, que sejam cumpridas as Suas divinas leis, e que seja feita a Sua vontade! Senhor Jesus, nos entregamos por inteiro a você!

As palavras da última frase não soaram. Foram registradas no pensamento, como despedida de uma existência onde conseguiram acender uma luz, cujos raios encontravam, a partir do seio da mata, o caminho que os conduziria à pátria espiritual.

Logo o alvoroço foi amenizado, e os índios se afastaram, para dar passagem a uma velha índia. Era ela quem curava os doentes da tribo.

Ajoelhou, olhou, tocou as faces dos dois, colocou o ouvido à altura do coração de Cândida, depois de Márcio, e duas lágrimas começaram a rolar rosto abaixo.

— Filho da Luz e Olhos do Céu - como passaram a chamar Cândida, por causa dos seus olhos azuis - deixam vida.

Akimã se aproximou, sentou junto ao corpo de Márcio, ergueu a fronte para o alto e ali permaneceu imóvel, envolvida naquele ambiente de tristeza e de silêncio, que só foi interrompido madrugada adentro, quando ela mesma começou a falar:

— Estrelas caindo! Luz, muita luz descendo em nossas cabeças. Vejo dois filhos da luz. Um deitado, o outro de pé... Olha Akimã e sorri. Tem sol na cabeça, estrela nos olhos... lua nas mãos. Filho da Luz segura mão de Olhos do Céu, como pássaro... como pássaro - apontava para o alto.

Akimã estava certa! As estrelas caindo eram luzes emanadas de espíritos amigos, entre eles o velho amigo Salusiano, que vinham ao encontro de Márcio e Cândida, para desatar os últimos laços que os prendiam ao corpo físico, e conduzi-los à pátria espiritual.

Passaram pela morte do corpo, mas não se perturbaram, a ponto de perderem o equilíbrio. Estavam conscientes e tranquilos. Bastava a eles, naquele momento, estarem juntos, como descreveu a índia Akimã. Por isso, flutuavam um pouco acima.

Toda a tribo chorava... Pranteava a perda do Filho da Luz!

* * *

Na cidade, quando o sol acabava de se pôr, Eusébio e Abiá já se encontravam em casa.

Erotildes contemplava os últimos raios colorindo as nuvens.

Logo que entrou na sala, vendo Abiá caminhando de um lado para o outro, perguntou-lhe:

— Por que está assim agoniado, Abiá?

— Doutor... Filho da Luz e doutora Olhos do Céu tardam. Impressão não boa... Coração apertado - falou, pondo a mão na altura do coração.

Uma hora depois, aproximavam-se dois índios. Abiá, ao vê-los, falou com os olhos arregalados:

— Notícia triste!

— Jesus, mestre querido! Seja o que for, fortalece-nos! - exclamou Erotildes.

Abiá foi encontrá-los e, em instantes, retornou chorando:

— Foram para o Grande Deus!

Erotildes sentiu-se mal, apesar de ser ela a única pessoa que sabia, por informações dos espíritos, de que as atuais existências físicas de Márcio e Cândida seriam apenas complementares.

Como vimos na história da Bela Flor Lisbonense, eles desencarnaram prematuramente. Adotando um comportamento moral não recomendável, acabaram se conduzindo a uma situação difícil, considerada por eles mesmos de vida ou morte, quando do momento da fuga. Decidiram que prefeririam a morte a satisfazer a vontade dos familiares. Foi nessa corrida louca que acabaram provocando o acidente, que culminou com o desencarne de ambos. Ficaram em débito para com a divina lei, já que viveriam ainda muito tempo, não fosse a falta de respeito pela vida.

Ainda assim, como não poderia ser diferente, a velha amiga sentiu o coração estraçalhado! Amava-o com toda sinceridade e profundidade que, comumente, só se registra no íntimo de uma mãe devotada.

Logo chegavam, para completar o quadro de dor e tristeza, Mariângela, Anselmo e Cíntia. Abiá saiu rapidamente, para avisar as centenas de pessoas que demonstravam amá-los.

Sabia que a notícia levaria-os ao pranto, mas a intenção era, segundo a recomendação de Erotildes, pedir a cada um deles que orassem pelos médicos caridosos. Assim, a notícia corria rápida pelos casebres da cidade, e pelas palhoças no seio da mata.

Apesar de toda essa comoção entre as pessoas mais carentes, a notícia sequer chegou no meio social, onde ele, por escolha própria, era totalmente desconhecido. Por isso é que o seu nome, apesar de tudo que fez, não ficou nem na memória e nem na história da cidade.

Os corpos de Márcio e Cândida permaneceram na aldeia, até a manhã do dia seguinte, quando dezenas de índios entraram na cidade, trazendo-os envolvidos em redes.

À tarde, durante o sepultamento, centenas de pessoas registraram com emoção as palavras externadas por Eusébio, que durante dois séculos havia alimentado ódio e sentimento de vingança contra Márcio. Ali, no entanto, quando o amor do presente já havia apagado o ódio do passado - principal objetivo da lei da reencarnação -, com lágrimas fluindo abundantemente, Eusébio falou com profunda sinceridade:

— Vai em paz, Cândida! Segue em frente, Márcio, tendo como roteiro a própria luz que fez brilhar a partir do seu bondoso coração, por onde soube externar o amor em forma de bondade e pura caridade.

"Eu, que durante tanto tempo o odiei, maltratei, tracei mecanismos de vingança para atingi-lo, não ouvi da sua boca uma só palavra que significasse revide! Nenhum gesto de contrariedade, nenhuma ameaça de impaciência! Foi assim que cansei de tentar e, não conseguindo, dobrei-me à nobreza do seu caráter e vim procurá-lo!

"Aqui chegando, ao saltar do navio e dar os primeiros passos em terra firme, senti uma outra firmeza, porém mais profunda e emocionante, provinda dos seus braços, que se abriram para abraçar-me, perdoando sem que eu houvesse ainda pedido perdão."

Depois de uma pequena pausa, prosseguiu:

— Agora, no entanto, amigo e irmão Márcio, da mesma forma que me perdoou, peço que me deixe seguir os seus passos, percorrer as mesmas rotas por onde passou, deixando o seu rastro como réstia de luz! Não para ser igual, por saber que jamais conseguiria, mas simplesmente para aprender a ser pelo menos nobre e bondoso como você.

"Os seus amigos, todas estas pessoas que tanto o amaram e continuarão amando, não ficarão órfãos da sua assistência amorosa, porque estarei dia a dia olhando por eles. Certamente, ouvirei incessantemente o seu nome ser pronunciado com amor, e isto será para mim o fortalecimento do meu novo ideal, baseado nos seus exemplos de bondade, paz e alegria!

"Vai, doutor milagreiro, como ficou conhecido. Filho da luz! Nobre no caráter, fino na educação, polido nos gestos, amigo e irmão de todos! A coragem possibilitou que você se elevasse, pois mesmo diante das grandes dificuldades e sofrimentos, aprendeu a amar a todos igualmente, descobrindo com sua silenciosa sabedoria que existem males cuja extinção só ocorre **quando o amor é o remédio**!!!"

Mas apenas de uma pequena etapa da vida, pois a história de um espírito é tão eterna quanto ele mesmo!

Salvador, 29 de outubro de 2009.